김동리

청소년
현대문학선 025

밀
다
원
시
대

문이당

차례 밀다원 시대

무녀도(巫女圖)

1

뒤에 물러 누운 어둑어둑한 산, 앞으로 폭이 널따랗게 흐르는 검은 강물, 산마루로 들판으로 검은 강물 위로 모두 쏟아져 내릴 듯한 파아란 별들, 바야흐로 숨이 고비에 찬 이슥한 밤중이다. 강가 모랫벌엔 큰 차일을 치고, 차일 속엔 마을 여인들이 자욱히 앉아 무당의 시나위 가락에 취해 있다. 그녀들의 얼굴 얼굴들은 분명히 슬픈 흥분과 새벽이 가까워 온 듯한 피곤에 젖어 있다. 무당은 바야흐로 청승에 자지러져 뼈도 살도 없는 혼령으로 화한 듯 가벼이 쾌자 자락을 날리며 돌아간다…….

이 그림이 그려진 것은 아버지가 장가를 들던 해라 하니 나는 아직 세상에 태어나기도 이전의 일이다. 우리 집은 옛날의 소위 유서 있는 가문으로, 재산과 세도로도 떨쳤지만, 글 하는 선비란 것도 우글거렸고, 특히 진귀한 서화와 골동품으로서는 나라 안에서 손꼽힐 만큼 높이 일컬어졌다. 그리고 이 서화와 골동품을 즐기는 취미는 아버지에서 아들로, 아들에서 다시 손자로, 대대 가산과 함께 물려받아 내려오는 가풍이기도 했다.

우리 집 살림이 탁방난* 것은 아버지 때였으나, 그즈음만 해도 아직 옛날과 다름없이, 할아버지께서는 사랑에서 나그네를 겪으셨고, 그러자니 시인 묵객*들이 끊일 새 없이 찾아들곤 하였다. 그 무렵이라 한다. 온종일 흙바람이 불어, 뜰 앞엔 살구꽃이 터져 나오는 어느 봄날 어스름 때였다. 색다른 나그네가 대문 앞에 닿았다. 동저고리* 바람에 패랭이를 쓰고, 그 위에 명주 수건을 잘라 맨, 나이 한 쉰 가량이나 되어 뵈는 체수도 조그만 사내가, 나귀 고삐를 잡고 서고, 나귀에는 열예닐곱쯤 나 뵈는 낯빛이 몹시 파리한 소녀 하나가 안장 위에 앉아 있었다. 남자 하인과 그 상전의 따님 같아도 보였다.

그러나 이튿날 그 사내는,

"이 여아는 소인의 여식이옵는데 그림 솜씨가 놀랍다 하기에 대감의 문전을 찾았삽네다."

했다.

소녀는 흰옷을 입었고, 옷 빛보다 더 새하얀 그녀의 얼굴엔 깊

* 탁방난 : 일이 되고 안되는 것이 드러나 끝난.
* 묵객 : 먹을 가지고 글씨를 쓰거나 그림을 그리는 사람.
* 동저고리 : 남자가 입는 저고리.

이 모를 슬픔이 서리어 있었다.

"아기의 이름은?"

"……."

"나이는?"

"……."

주인이 소녀에게 말을 건네 보았으나, 소녀는 굵은 두 눈으로 한 번 그를 바라보았을 뿐 입을 떼려고 하지는 않았다.

아비가 대신 입을 열어,

"여식의 이름은 낭이(琅伊), 나이는 열일곱 살이옵고……."

하더니, 목소리를 더 낮추며,

"여식은 귀가 좀 먹었습니다."

했다.

주인도 이번에는 고개를 끄덕였다. 그러고는 사내를 보고, 며칠이든지 묵으며 소녀의 그림 솜씨를 보여 달라고 했다.

그들 아비 딸은 달포 동안이나 머물러 있으며 그림도 그리고, 자기네의 지난 이야기도 자세히 하소연했다고 한다.

할아버지께서는 그들이 떠나는 날에, 이 불행한 아비 딸을 위하여 값진 비단과 충분한 노자를 아끼지 않았으나, 나귀 위에 앉은 가련한 소녀의 얼굴에는 올 때나 조금도 다름없는 처절한 슬픔이 서려 있었을 뿐이라고 한다.

……소녀가 남기고 간 그림 — 이것을 할아버지께서는 '무녀도'

라고 불렀지만—과 함께 내가 할아버지로부터 전해 들은 이야기는 다음과 같다.

2

경주읍에서 성 밖으로 10여 리 나가서 조그만 마을이 있었다. 여민촌 혹은 잡성촌이라 불리는 마을이었다.

이 마을 한구석에 모화(毛火)라는 무당이 살고 있었다. 모화서 들어온 사람이라 하여 모화라 부르는 것이었다. 그것은 한 머리* 찌그러져 가는 묵은 기와집으로 지붕 위에는 기와버섯이 퍼렇게 뻗어 올라 역한 흙냄새를 풍기고, 집 주위는 앙상한 돌담이 군데군데 헐린 채 옛 성처럼 꼬불꼬불 에워싸고 있었다. 이 돌담이 에워싼 안의 공지같이 넓은 마당에는, 수채가 막힌 채 빗물이 고이는 대로 1년 내 시퍼런 물이끼가 뒤덮여, 늘쟁이, 명아주, 강아지풀, 그리고 이름도 모를 여러 가지 잡풀들이 사람의 키도 묻힐 만큼 거멓게 엉키어 있었다. 그 아래로 뱀같이 길게 늘어진 지렁이와 두꺼비같이 늙은 개구리들이 구물거리고 움칠거리며 항시 밤이 들기만 기다릴 뿐으로, 이미 수십 년 혹은 수백 년 전에 벌써 사람의 자취와는 인연이 끊어진 도깨비굴 같기만 했다.

이 도깨비굴같이 낡고 헐린 집 속에 무녀 모화와 그 딸 낭이는 살고 있었다. 낭이의 아버지 되는 사람은 경주읍에서 70리가량 떨

*한 머리 : 한쪽 옆이나 가장자리.

10

어져 있는 동해변 어느 길목에서 해물 가게를 보고 있는데, 풍문에 의하면 그는 낭이를 세상에 없이 끔찍이 생각하는 터이므로, 봄가을철이면 분 잘 핀 다시마와, 조촐한 꼭지미역 같은 것을 가지고 다녀가곤 한다는 것이었다. 나중 욱이(昱伊)가 돌연히 나타나지 않았다면, 이 도깨비굴 속에 그녀들을 찾는 사람이라야, 모화에게 굿을 청하러 오는 사람들과 봄가을에 한 번씩 낭이를 찾아주는 그녀의 아버지 정도로, 세상 사람들과는 별로 교섭이 없이 살아야 할 쓸쓸한 어미 딸이었던 것이다.

간혹 먼 곳에서 모화에게 굿을 청하러 오는 사람이 있어도 아주 방문 앞까지 들어서며,

"여보게, 모화네 있는가?"

"여보게, 모화네."

하고, 두세 번 부르도록 대답이 없다가 아주 사람이 없는 모양이라고 툇마루에 손을 짚고 방문을 열려고 하면, 그때서야 안에서 방문을 먼저 열고 말없이 내다보는 계집애 하나─그녀의 이름이 낭이였다. 그럴 때마다 낭이는 대개 혼자서 그림을 그리고 있다가 놀라 붓을 던지며 얼굴이 파랗게 질린 채 와들와들 떨곤 하는 것이었다.

이와 같이 모화는 어느 하루를 집구석에서 살림이라고 살고 있는 날이 없었다. 날이 새기가 무섭게 성안으로 들어가면 언제나 해가 서쪽 산마루에 걸릴 무렵에야 돌아오곤 했다. 술이 얼근해서

수건엔 복숭아를 싸 들고 춤을 추며,

　　따님아, 따님아, 김씨 따님아,
　　수국 꽃님 낭이 따님아,
　　용궁이라 들어가니
　　열두 대문이 다 잠겼다,
　　문 열으소, 문 열으소,
　　열두 대문 열어 주소

청승 가락을 뽑으며 동구로 들어오는 것이었다.
"모화네, 오늘도 한잔했구나."
마을 사람들이 인사를 하면, 모화는 수줍은 듯이 어깨를 비틀며,
"예예, 장에 갔다가요."
하고, 공손스레 절을 하곤 하였다.
모화는 굿을 할 때 이외에는 대개 주막에 가 있었다.
그만큼 모화는 술을 즐기었고 낭이는 또한 복숭아를 좋아하여, 어미가 술이 취해 돌아올 때마다 여름 한철은 언제나 그녀의 손에 복숭아가 들려 있었다.
"따님 따님 우리 따님."
모화는 집 안에 들어서면서도 이러한 조로 낭이를 불렀다.

낭이는 어릴 때, 나들이에서 돌아오는 어미의 품에 뛰어들어 젖을 빨듯, 어미의 수건에 싸인 복숭아를 받아먹는 것이었다.

모화의 말을 들으면 낭이는 수국 꽃님의 화신으로, 그녀(모화)가 꿈에 용신(龍神)님을 만나 복숭아 하나를 얻어먹고 꿈꾼 지 이레 만에 낭이를 낳은 것이라 했다. 그녀의 말에 의하면 수국 용신님은 따님이 열두 형제였다. 첫째는 달님이요, 둘째는 물님이요, 셋째는 구름님이요…… 이렇게 열두째는 꽃님이었는데, 산신님의 열두 아드님과 혼인을 시키게 되어 달님은 해님에게, 물님은 나무님에게, 구름님은 바람님에게 각각 차례대로 배혼을 정해 가려니까 막내따님인 꽃님은 본시 연애를 좋아하시는 성미라, 자기 차례가 돌아오기를 미처 기다릴 수 없어, 열한째 형인 열매님의 낭군님이 되실 새님을 가로채어 버렸더니, 배필을 잃은 열매님과 나비님은 슬피 울며 제각기 용신님과 산신님께 호소한 결과, 용신님이 먼저 크게 노하사 벌을 내려 꽃님의 귀를 먹게 하시고, 수국을 추방하시니 꽃님께서 그만 복사꽃이 되어, 봄마다 강가로 산기슭으로 붉게 피지만, 새님이 가지에 와 아무리 재잘거려도 지금까지 귀가 먹은 채 말 없는 벙어리가 되어 있는 것이라 한다.

모화는 주막에서 술을 먹다 말고, 화랑이*들과 어울려서 춤을 추다 말고, 별안간 미친 것처럼 일어나 달아나곤 했다. 물으면 집에서 '따님'이 자기를 부르노라고 했다. 그녀는 수국 용신님께서

*화랑이 : 옷을 잘 꾸며 입고 가무와 행락을 주로 하던 무리. 대개 무당의 남편.

낭이 따님을 잠깐 자기에게 맡겼으므로 자기는 그동안 맡아 있는 것뿐이라 했다.

그러므로 자기가 만약 이 따님을 정성껏 섬기지 않으면 큰어머님 되는 용신님의 노염을 살까 두렵노라 하였다.

낭이뿐 아니라, 모화는 보는 사람마다 너는 나무귀신의 화신이다, 너는 돌 귀신의 화신이다 하여, 걸핏하면 칠성에 가 빌라는 둥 용왕에 가 빌라는 둥 했다.

모화는 사람을 볼 때마다 늘 수줍은 듯 어깨를 비틀며 절을 했다. 어린애를 보고도 부들부들 떨며 두려워했다. 때로는 개나 돼지에게도 아양을 부렸다.

그녀의 눈에는 때때로 모든 것이 귀신으로만 비친다는 것이었다. 그것은 사람뿐 아니라, 돼지, 고양이, 개구리, 지렁이, 고기, 나비, 감나무, 살구나무, 부지깽이, 항아리, 섬돌, 짚신, 대추나무 가시, 제비, 구름, 바람, 불, 밥, 연, 바가지, 다래끼, 솥, 숟가락, 호롱불……. 이러한 모든 것이 그녀와 서로 보고, 부르고, 말하고, 미워하고, 시기하고, 성내고 할 수 있는 이웃 사람같이 생각되곤 했다. 그리하여 그 모든 것을 '님'이라 불렀다.

3

욱이가 돌아온 뒤부터 이 도깨비굴 속에는 조금씩 사람 냄새가 나기 시작했다. 부엌에 들어서기를 그렇게 싫어하던 낭이도 욱이를 위하여는 가끔 밥을 짓는 것이었다. 그리고 밤이면 오직 컴컴한 어둠과 별빛만이 차 있던 이 헐려 가는 기와집 처마 끝에도 희부연 종이등불이 고요히 걸리는 것이었다.

욱이는 모화가 아직 모화 마을에 살 때, 귀신이 지피기 전, 어떤 남자와의 사이에 생긴 사생아였다. 그는 어릴 적부터 무척 총명하여 신동이란 소문까지 났으나 근본이 워낙 미천하여 마을에서는 순조롭게 공부를 시킬 수가 없어서 그가 아홉 살 되었을 때 아는 사람의 주선으로 어느 절간으로 보낸 뒤, 그동안 한 10년간 까맣게 소식조차 묘연하다가 얼마 전 표연히 이 집에 나타난 것이었다. 낭이와는 말하자면 어미를 같이하는 오뉘뻘이었다. 낭이가 대여섯 살 되었을 때 그때만 해도 아직 병으로 귀가 먹기 전이라 '욱이', '욱이' 하고 몹시 그를 따르곤 했다. 그러던 것이 욱이가 절간으로 떠난 지 얼마 되지 않아 낭이는 자리에 눕게 되어 꼭 3년 동안을 시름시름 앓고 나더니 그 길로 귀가 먹어 버렸던 것이다. 그러나 귀가 어느 정도로 먹었는지는 아무도 아는 사람이 없었다. 한두 번 그의 어미를 향해 어눌하나마,

"우, 욱이 어디 가아서?"

이렇게 물은 적이 있었다.

"절에 공부하러 갔다."

"어어디, 절에?"

"지림사, 큰 절에……."

그러나 이것은 거짓말이었다. 모화 자신도 사실인즉 욱이가 어느 절에 가 있는지 통이* 모르고 있었고 다만 모른다고 하기가 싫어서 이렇게 머리에 떠오르는 대로 대답했을 뿐이었다.

모화는 장에서 돌아와 처음 욱이를 보았을 때, 그 푸른 얼굴에 난데없는 공포의 빛이 서리며 곧 어디로 달아날 것같이 한참 동안 어깨를 뒤틀고 허둥거리다 말고 별안간 그 후리후리한 키에 긴 두 팔을 벌려 흡사 무슨 큰 새가 저희 새끼를 품듯 뛰어들어 욱이를 안았다.

"이게 누고, 이게 누고? 아이고…… 내 아들아, 내 아들아!"

모화는 갑자기 목을 놓고 울었다.

"내 아들아, 내 아들아! 늬가 왔나, 늬가 왔나?"

모화는 앞뒤도 살피지 않고 온 얼굴을 눈물로 씻었다.

"오마니, 오마니."

욱이도 어미의 한쪽 어깨에 왼쪽 볼을 대고 오래도록 울었다. 어미를 닮아 허리가 날씬하고 목이 가는 이 열아홉 살 난 청년은 그동안 절간으로 어디로 외롭게 유랑해 다닌 사람 같지도 않게 품위가 있고 아름다운 얼굴이었다.

낭이도 그제야 이 청년이 욱이인 것을 진정으로 깨닫는 모양이었다. 처음 혼자 방에 있는데 어떤 낯선 청년이 와서 방문을 열기에, 너무도 놀라고 간이 뛰어 말―표정으로라도― 한마디도 못

*통이 : 전부 다 완전히.

16

하고 방구석에 박혀 앉아 오들오들 떨고만 있었던 것이다. 이제 낭이는 그 어머니가 욱이를 얼싸안고 '내 아들아, 내 아들아' 하며 우는 것을 보고 어쩌면 저도 눈물이 날 것 같았다.(낭이는 그 어머니에게도 이렇게 인정이 있다는 것을 보자 형언할 수 없는 즐거움을 깨달았다.)

그러나 욱이는 며칠을 가지 않아 모화와 낭이에게 알 수 없는 이상한 수수께끼와 같은 존재가 되었다. 그는 음식을 받아 놓거나, 밤에 잠을 자려고 할 때나, 또 아침에 자리에서 일어나면 반드시 한참 동안씩 주문 같은 것을 외우는 것이었다. 그러고는 틈틈이 품속에서 조그만 책 한 권을 꺼내어 읽곤 하는 것이었다. 낭이가 그것을 수상스레 보고 있으려니까 욱이는 그 아름다운 얼굴에 미소를 지으며,

"너도 이 책을 읽어라."

하고 그 조그만 책을 낭이 앞에 펴 보이곤 했다. 낭이는 지금까지 『심청전』이란 책을 여러 차례 두고 읽어서 국문쯤은 간신히 읽을 수 있었으므로 욱이가 내놓은 그 조그만 책을 들여다보니, 맨 처음 껍데기에 큰 글자로 '신약 전서'란 넉 자가 똑똑히 씌어 있었다. '신약 전서'란, 생전 처음 보는 이름이다. 낭이가 알 수 없다는 듯이 욱이를 바라보자, 욱이는 또 만면에 미소를 띠며,

"너 사람을 누가 만들어 냈는지 아니?"

하였다. 그러나 낭이에게는 이 말이 들리지도 않았을 뿐더러,

욱이의 손짓과 얼굴 표정을 통해 대강 짐작할 수 있었다 하더라도 이건 지금까지 생각도 해 보지 못한 어려운 말이었다.

"그럼 너 사람이 죽어서 어떻게 되는 줄은 아니?"

"……."

"이 책에는 그런 것들이 모두 씌어 있다."

그러고는 손으로 몇 번이나 하늘을 가리켰다. 그리하여 낭이가 알아들은 말이라고는 겨우 한마디, '하나님'이었다.

"우리 사람을 만든 것은 하나님이다. 하나님은 우리 사람뿐 아니라 천지 만물을 다 만들어 내셨다. 우리가 죽어서 돌아가는 곳도 하나님 전이다."

이러한 욱이의 '하나님'은 며칠 지나지 않아 곧 모화의 의혹과 반발을 불러일으켰다. 욱이가 온 지 사흘째 되던 날, 아침밥을 받아 놓고 그가 기도를 드리려니까, 모화는,

"너 불도에도 그런 법이 있나?"

이렇게 물었다. 모화는 욱이가 그동안 절간에 가 있다 온 줄만 믿고 있으므로 그가 하는 짓은 모두 불도(佛道)에 관한 일인 줄로만 생각하는 모양이었다.

"아니오, 오마니, 난 불도가 아닙네다."

"불도가 아니고 그럼 무슨 도가 있어?"

"오마니 난 절간에서 불도가 보기 싫어 달아났댔쉬다."

"불도가 보기 싫다니, 불도야 큰 도지…… 그럼 넌 뭐 신선도

야?"

"아니오, 오마니 난 예수도올시다."

"예수도?"

"북선 지방에서는 예수교라고 합데다. 새로 난 교지요."

"그럼 너 동학당이로군!"

"아니오, 오마니, 나는 동학당이 아닙네다. 나는 예수교올시다."

"그래, 예수돈가 하는 데서는 밥 먹을 때마다 눈을 감고 주문을 외이나?"

"오마니, 그건 주문이 아니외다, 하나님 앞에 기도드리는 것이외다."

"하나님 앞에?"

모화는 눈을 둥그렇게 떴다.

"네, 하나님께서 우리 사람을 내셨으니간요."

"야아, 너 잡귀가 들렸구나!"

모화의 얼굴빛은 순간 퍼렇게 질리었다. 그러고는 더 묻지 않았다.

다음 날 모화가 그 마을에 객귀* 들린 사람이 있어 '물밥'*을 내주고 돌아오려니까, 욱이가,

* 객귀 : 객지에서 죽은 사람의 혼령.
* 물밥 : 무당이 굿을 할 때 귀신에게 준다며 물에 말아 던지는 밥.

"오마니 어디 갔다 오시나요?"

하고 물었다.

"저 박 급창 댁에 객귀를 물려주고 온다."

욱이는 한참 동안 무엇을 생각하는 모양이더니,

"그럼 오마니가 물리면 귀신이 물러 나갑데까."

한다.

"물러 나갔기 사람이 살아났지."

모화는 별소리를 다 묻는다는 듯이 대답했다. 그는 지금까지 이 경주 고을 일원을 중심으로 수백 번의 푸닥거리와 굿을 하고, 수백 수천 명의 병을 고쳐 왔지만 아직 한 번도 자기가 하는 굿이나 푸닥거리에 '신령님'의 감응을 의심한다든가 걱정해 본 적은 없었다. 더구나 누구의 객귀에 물밥을 내주는 것쯤은 목마른 사람에게 물 한 그릇을 떠 주는 것만큼이나 당연하고 손쉬운 일로만 여겨 왔다. 모화 자신만이 그렇게 생각할 뿐 아니라, 굿을 청하는 사람, 객귀가 들린 사람 쪽에서도 그와 같이 믿고 있는 편이기도 했다. 그들은 무슨 병이 나면 먼저 의원에게 보이려는 생각보다 으레 모화에게 찾아갈 것으로 생각하는 것이었다. 그들의 생각에는 모화의 푸닥거리나 푸념이 의원의 침이나 약보다 훨씬 반응이 빠르고 효험이 확실하고, 준비가 손쉬웠던 것이다.

"……."

한참 동안 고개를 수그리고 무엇을 생각하고 있던 욱이는 고개

를 들어 그 어미의 얼굴을 똑바로 바라보며,

"오마니, 그런 것은 하나님께 죄가 됩네다. 오마니 이것 보시오. 마태복음 제9장 32절이올시다. 저희가 나갈 때에 사귀 들려 벙어리 된 자를 예수께 다려오매, 사귀가 쫓겨나고 벙어리가 말하거늘……."

그러나 이때 벌써 모화는 자리에서 일어나, 방구석에 언제나 차려 놓은 '신주상' 앞에 가서,

신령님네, 신령님네, 동서남북 상하천지,
날 것은 날하가고, 길 것은 기허가고,
머리검하 초로인생 실낱같안 이 목숨이,
신령님네 품이길래 품속에 품았길래,
대로같이 가 옵네다, 대로같이 가 옵네다.
부정한 손 물리치고, 조촐한 손 받으실새,
터주님이 터 주시고 조왕님이 요 주시고,
삼신님이 명 주시고 칠성님이 둘르시고,
미륵님이 돌보셔서 실낱같안 이 목숨이,
대로같이 가 옵네다,
탄탄대로같이 가 옵네다

모화의 두 눈은 보석같이 빛나며, 강렬한 발작과도 같이 전신을

떨고 두 손을 비벼 댔다. 푸념이 끝나자 '신주상' 위의 냉수 그릇을 들어 물을 머금더니 욱이의 낯과 온몸에 확 뿜으며,

엇쇠, 귀신아 물러서라,
여기는 영주 비루봉 상상봉혜,
깎아질린 돌 베랑혜, 쉰 길 청수혜.
너희 올 곳이 아니라.
바른손에 칼을 들고 왼손에 불을 들고,
엇쇠, 잡귀신아, 썩 물러서라. 툇 툇!

이렇게 외쳤다.

욱이는 처음 어리둥절해서 모화의 푸념하는 양을 바라보고 있다가, 이윽고 고개를 수그려 잠깐 기도를 올리고 나서 일어나 잠자코 밖으로 나가 버렸다.

모화는 욱이가 나간 뒤에도 한참 동안 푸념을 계속하며, 방구석마다 물을 뿜고 주문을 외웠다.

4

욱이는 그길로 이 지방의 예수교인들을 찾아보기로 했다. 그날 곧 돌아올 줄 알았던 욱이는 해가 지고 밤이 깊어도 돌아오지 않았다. 모화와 낭이, 어미 딸은 방구석에 음울하게 웅크리고 앉아

욱이가 돌아오기만 기다리는 것이었다.

"예수 귀신 책 거 없나?"

모화는 얼마 뒤에 낭이더러 이렇게 물었다. 낭이는 고개를 저었다. 그러자 갑자기 낭이도 욱이의 그 『신약 전서』란 책을 제가 맡아 두지 않았음을 후회했다. 모화는 욱이의 『신약 전서』를 '예수 귀신 책'이라 불렀다. 모화는 분명히 욱이가 무슨 몹쓸 잡귀에 들린 것으로만 간주하는 모양이었다. 그것은 마치 욱이가 모화와 낭이를 으레 사귀 들린 사람들로 생각하는 것과도 같았다. 그는 모화뿐만 아니라 낭이까지도 어미의 사귀가 들어가서 벙어리가 된 것이라고 믿는 모양이었다.

— 예수 당시에도 사귀 들려 벙어리 된 자를 예수께서 몇 번이나 고쳐 주시지 않았나.

욱이는 이렇게 생각하는 것이었다. 그리고 그는 자기의 힘으로, 자기가 하나님께 열심히 기도를 드림으로써 그 어미와 누이동생의 병을 고쳐야 한다고 마음속으로 굳게 결심하는 것이었다.

예수께서 무리들이 달려와서 모이는 것을 보시고 그 더러운 귀신을 꾸짖어 가라사대 벙어리와 귀머거리 귀신아 내가 네게 명하노니 그 아이에게서 나오고 다시 들어가지 말라 하시니 사귀가 소리 지르며 아이를 심히 오그라뜨리고 나가니 그 아이가 죽은 것같이 되매 여러 사람이 말하기를 죽었다, 하거늘 오직 예수 그 손을 잡아 일으키시니 드디어 일어서더라. 집에 들어가시매 제자들이 조용히 묻자 와 가로되 우리는 어찌하여 능히 그 귀신을 쫓아내지 못하였나이까, 예수 가라사대 기도 아니 하여서는 이런 유를 나가게 할 수 없나니라.(마가복음 제9장 제25절~제29절)

그리하여 욱이는 자기도 하나님께 기도만 간절히 드리면 그 어미와 누이동생에게 들어 있는 사귀도 내쫓을 수 있으리라 믿었다. 일방* 그는 그가 지금까지 배우고 있던 평양 현 목사와 이 장로에게도 편지를 띄웠다.

목사님 저는 하나님의 은혜로 무사히 오마니를 찾아왔삽네다. 그러하오나 이 지방에는 아직 우리 주님의 복음이 전파되지 않아서 사귀 들린 자와 우상 섬기는 자가 매우 많은 것을 볼 때 하루바삐 주님의 복음을 이 지방에 전파하도록 교회를 지어야 하겠삽네다. 목사님께 말씀드리기는 매우 부끄러운 일이나 저의 오마니는 무당 사귀가 들려 있고, 저의 누이동생은 귀머거리와 벙어리 귀신이 들려 있삽네다. 저는 마가복음 제9장 제29절에 있는 우리 주님 예수 그리스도의 말씀대로 이 사귀들을 내쫓기 위하여 열심으로 기도를 드립니다마는 교회가 없으므로 기도드릴 장소가 매우 힘드옵네다. 하루바삐 이 지방에 교회 되기를 하나님께 기도 올려 주소서.

* 일방 : 한편.

24

이 현 목사는 미국 선교사로서 욱이가 지금까지 먹고 입고 공부를 하게 된 것이 모두 그의 도움이었다. 욱이는 열다섯 살까지 절간에서 중의 상좌 노릇을 하고 있다가, 그해 여름에 혼자서 서울 구경을 간다고 나선 것이, 이리저리 유랑하여 열여섯 되던 해 가을엔 평양까지 가게 되었고 거기서 그해 겨울 이 장로의 소개로 현 목사의 도움을 받게 되었던 것이었다.

이번에 욱이가 평양서 어머니를 보러 간다고 하니까 현 목사는 욱이를 불러 놓고 이렇게 말했다.

"지금부터 3년 안에 이 사람 고국 갈 것이오. 그때 만일 욱이가 함께 가기 원하면 이 사람 같이 미국 가게 될 것이오."

"목사님 고맙습니다. 저는 목사님을 따라 미국 가기가 원입니다."

"그러면 속히 모친 만나 보고 오시오."

그러나 욱이가 어머니 집이라고 찾아온 곳은 지금까지 그가 살고 있던 현 목사나 이 장로의 집보다 너무나 딴 세상이었다. 그 명랑한 찬송가 소리와 풍금 소리와, 성경 읽는 소리와, 모여 앉아 기도를 올리고, 빛난 음식을 향해 즐겁게 웃음 웃는 얼굴들 대신에 군데군데 헐려 가는 쓸쓸한 돌담과, 기와버섯이 퍼렇게 뻗어 오른 묵은 기와집과, 엉킨 잡초 속에 꾸물거리는 개구리 지렁이 들과, 그 속에서 무당 귀신과 귀머거리 귀신이 각각 들린 어미 딸 두 여인을 보았을 때 그는 흡사 자기 자신이 무서운 도깨비굴에 홀려

든 것이나 아닌가 하고 새삼 의심이 들 지경이었다.

욱이가 이 지방 예수교인들을 두루 만나 보고 집으로 돌아온 뒤로부터 야릇하게 변한 것은 낭이의 태도였다. 그 호리호리한 몸매와 종잇장같이 희고 매끄러운 얼굴에 빛나는 굵은 두 눈으로 온종일 말 한마디 웃음 한 번 웃는 일 없이 방구석에 틀어박혀 앉은 채 욱이가 하는 양만 바라보고 있다가, 밤이 되어 처마 끝에 희부연 종이등불이 걸리고 하면, 피에 주린 모기들이 미친 듯이 떼를 지어 울고 날아드는 마당 구석에서 낭이는 그 얼음같이 싸늘한 손과 입술로 욱이의 목덜미나 가슴팍으로 뛰어들곤 했다. 욱이는 문득문득 목덜미로 가슴팍으로 낭이의 차디찬 손과 입술을 느낄 적마다 깜짝깜짝 놀라곤 하였으나, 그녀가 까무러칠 듯이 사지를 떨며 다시 뛰어들 때면 그도 당황히 낭이의 손을 쥐어 주며, 그 희부연 종이등불이 걸려 있는 처마 밑으로 이끌곤 했다.

낭이의 태도가 미묘해진 뒤부터 욱이의 얼굴빛은 날로 창백해 갔다. 그렇게 한 보름 지난 뒤 그는 또 한 번 표연히 집을 나가고 말았다.

모화는 욱이가 집을 나간 지 이틀째 되던 날 밤 문득 자리에서 일어나 앉으며 긴 한숨을 내쉬었다. 그리고 곁에 누워 있는 낭이를 흔들어 깨우더니 듣기에도 음울한 목소리로,

"욱이가 언제 온다더누?"

물었다. 낭이가 잠자코 있으려니까,

"왜 욱이 저녁 밥상은 보아 두라고 했는데 없노?"

하고 낭이더러 화를 내었다. 모화는 날이 갈수록 점점 더 초조한 빛으로 밤중마다 부엌에다 들기름 불을 켜고 부뚜막 위에 욱이의 밥상을 차려 놓고는 치성을 드리는 것이었다.

성주는 우리 성주, 칠성은 우리 칠성, 조왕은 우리 조왕,

비나이다 비나이다 신주님께 비나이다.

하늘에는 별, 바다에는 진주,

금은 같안 이내 장손, 관옥 같안 이내 방성,

산신혜 명을 빌하 삼신혜 수를 빌하,

칠성혜 복을 빌하 용신혜 덕을 빌하,

조왕님전 요오를 타고 터주님전 재주 타니

하늘에는 별, 바다에는 진주,

삼신조왕 마다하고 아니 오지 못하리라

예수 귀신하, 서역 십만 리 굶주리던 불귀신하

탄다 훨훨 불이 탄다 불귀신이 훨훨 탄다,

타고 나니 이내 방성 금은같이 앉았다가,

삼신 찾아오는구나, 조왕 찾아오는구나

모화는 혼자서 손을 비비고, 절을 하고 일어나 춤을 추고 갖은 교태를 다 부리며 완연히 미친 것같이 날뛰었다. 낭이는 방에서

부엌으로 난 봉창 구멍에 눈을 대고, 숨소리를 죽여 오랫동안 어미의 날뛰는 양을 지켜보고 있다가 별안간 몸에 한기가 들며 아래턱이 달달달 떨리기 시작하였다. 그녀는 미친 것처럼 뛰어 일어나며 저고리를 벗었다. 치마를 벗었다. 그리하여 어미는 부엌에서, 딸은 방 안에서 한 장단, 한가락에 놀 듯 어우러져 춤을 추곤 했다. 그러한 어느 새벽, 낭이는(정신을 차리고 보니) 발가벗은 알몸뚱이로 방바닥에 쓰러져 있는 그녀 자신을 발견한 일도 있었다.

두 번째 집을 나갔던 욱이는 다시 얼굴에 미소를 띠며 그녀들 어미 딸 앞에 나타났다.

모화는 그때 마침 굿 나갈 때 신을 새 신발을 신어 보고 있었는데 욱이가 오는 것을 보자, 그 후리후리한 허리에 긴 팔을 벌려, 흡사 큰 새가 알을 품듯, 그의 상반신을 얼싸안고 울기 시작했다. 이번엔 아무런 푸념도 없이 오랫동안 욱이의 목을 안은 채 잠자코 울기만 하는 것이었다. 언제나 퍼런 그 얼굴에도 이때만은 붉은 기운이 돌며, 그 의젓한 몸짓은 조금도 귀신 들린 사람 같지 않았다.

"오마니, 나 방에 들어가 좀 쉬겠쇠다."

욱이는 어미의 포옹을 끄르고 일어나 방에 들어가 누웠다.

모화는 웬일인지 욱이가 방에 들어간 뒤에도 오랫동안 툇마루에 걸터앉은 채 고개를 떨어뜨리고 무엇을 골똘히 생각하고 있는 꼴이었다. 긴 한숨과 함께 얼굴을 든 그녀는 무슨 생각으론지 도로 방으로 들어가더니 낭이의 그림을 이것저것 뒤져 보는 것이었다.

그날 밤이었다.

밤중이나 되어 욱이가 잠결에 문득 그의 품속에 언제나 품고 있는 성경책을 더듬어 보았을 때, 품속이 허전함을 느꼈다. 그와 동시 웅얼웅얼하며 주문을 외는 소리도 들려왔다. 자리에서 일어나 보았으나 품속에서 성경을 찾을 수는 없었다.

그리고 낭이와 욱이 사이에 누워 있을 그의 어머니는 보이지 않았다. 그는 어떤 불길하고 무서운 예감에 몸이 부르르 떨리었다. 바로 그때였다. 그의 귀에는, 땅속에서 귀신이 우는 듯한, 웅얼웅얼하는(주문을 외는 듯한) 소리가 좀 더 또렷이 들려왔다. 순간 그는 거의 무의식적으로, 방에서 부엌으로 봉창 구멍에 눈을 갖다 대었다.

서역 십만 리 굶주리던 불귀신하,
한쪽 손에 불을 들고 한쪽 손에 칼을 들고,
이리 가니 산신님이 예 기신다.
저리 가니 용신님이 제 기신다.
칠성이라 돌아가니 칠성님이 예 기신다.
구름 속에 쌔여 간다 바람결에 묻혀 간다,
구름님이 예 기신다, 바람님이 제 기신다,
용궁이라 당도하니 열두 대문 잠겨 있다,
첫째 대문 두드리니 사천왕 뛰어나와,

종발눈 부릅뜨고, 주석 철퇴 높이 든다,

둘째 대문 두드리니 불개 두 쌍 뛰어나와,

꽃불은 수놈이 낼룽, 불씨는 암놈이 낼룽,

셋째 대문 두드리니 물개 두 쌍 뛰어나와,

수놈이 멍멍 꽃불이 죽고

암놈이 멩멩 불씨가 죽고……

모화는 소복단장에 쾌자까지 두르고, 온갖 몸짓 갖은 교태를 다 부려 가며 손을 비비다, 절을 하다, 덩싯거리며 춤을 추다, 하고 있다. 부뚜막 위에는 깨끗한 접싯불(들기름의)이 켜져 있고, 그 아래 차려진 소반 위에는 냉수 한 그릇과 흰 소금 한 접시가 놓여 있을 따름이다. 그리고 그 곁에는 지금 막 그 마지막 불꽃이 나불거리고 난 새빨간 불에서 파란 연기 한 오리가 오르는 『신약 전서』의 두꺼운 표지는 한 머리 이미 파리한 재가 되어 가고 있었다.

모화는 무엇에 도전이나 하는 것처럼 입가에 야릇한 냉소까지 띠며, 소반에 얹힌 접시의 소금을 집어, 인제 연기마저 사라진 새까만 재 위에 뿌렸다.

서역, 십만 리 예수 귀신이 돌아간다,

당산에 가 노자 얻고, 관묘에 가 신발 신고,

두 귀에 방울 달고 방울 소리 발맞추어

재 넘고 개 건너 잘도 간다.

인제 가면 언제 볼꼬, 발이 아파 못 오겠다.

춘삼월에 다시 오랴, 배가 고파 못 오겠다……

　모화의 음성은 마주(魔酒) 같은 향기를 풍기며 온 피부에 스며
들었다. 그 보석 같은 두 눈의 교태와 쾌자 자락과 함께 나부끼는
손짓은 이제 차마 더 엿볼 수 없게 욱이의 심장을 쥐어짜는 것이
었다. 욱이는 가위눌린 사람처럼 간신히 긴 숨을 내쉬며 뛰어 일
어났다. 다음 순간, 자기 자신도 모르게 방문을 뛰어나온 그는, 부
엌문을 박차고 들어가 소반 위에 차려 놓은 냉수 그릇을 집어 들
려 하였다. 그러나 그가 냉수 그릇을 집어 들기 전에 모화의 손에
는 식칼이 번득이고 있었고, 모화는 욱이와 물 그릇 사이에 식칼
을 두르며 조용히 춤을 추는 것이었다.

엇쇠, 귀신아 물러서라,

너 이제 보아하니 서역 십만 리 굶주리던 잡귀신하,

여기는 영주 비루봉 상상봉혜

깎아질린 돌 벼랑혜, 쉰 길 청수혜, 엄나무발에

너희 올 곳이 아니다,

바른손혜 칼을 들고 왼손혜 불을 들고,

엇쇠 서역 잡귀신하 썩 물러서라

이때, 모화는 분명히 식칼로 욱이의 면상을 겨누어 치려 하였다. 순간, 욱이는 모화의 칼날을 왼쪽 귓전에 느끼며 그의 겨드랑이 밑을 돌아 소반 위에 차려 놓은 냉수 그릇을 들어 모화의 낯에다 그릇째 끼얹었다. 이 서슬에 접시의 불이 기울어져 봉창에 붙었다. 욱이는 봉창에서 방 안으로 붙어 들어가는 불길을 잡으려고 부뚜막 위로 뛰어올랐다. 그러자 물그릇을 뒤집어쓰고 분노에 타는 모화는 욱이의 뒤를 쫓아 칼을 두르며 부뚜막으로 뛰어올랐다. 봉창에서 방 안으로 붙어 들어가는 불길을 덮쳐 끄는 순간, 뒷등허리가 찌르르하여 획 몸을 돌이키려 할 때 이미 피투성이가 된 그의 몸은 허옇게 이를 악물고 웃음 웃는 모화의 품속에 안겨 있었다.

5

욱이의 몸은 머리와 목덜미와 등허리 세 군데 상처를 입었다. 그러나 욱이의 병은 이 세 군데 칼로 맞은 상처만이 아니었다. 그는 날이 갈수록 갈비뼈가 앙상하게 드러나고 두 눈자위가 패어 들기 시작했다.

모화는 욱이의 병간호에 남은 힘을 다하여 그가 원하는 것이 있으면 낮과 밤을 헤아리지 않고 뛰어갔다. 가끔 욱이를 일으켜 앉혀서 자기의 품에 안아도 주었다. 물론 약도 쓰고 굿도 하고 주문도 외웠다. 그러나 욱이의 병은 낫지 않았다.

모화도 욱이의 병간호에 열중한 뒤부터 굿에는 그만큼 신명이 풀린 듯하였다. 누가 굿을 청하러 와도 아들의 병을 핑계로 대개 거절을 했다. 그러자 모화의 굿이나 푸닥거리의 반응이 이전과 같이 신령치 않다고들 하는 사람이 하나 둘씩 생기기도 했다.

이러할 즈음 이 고을에도 조그만 교회당이 서고 전도사가 들어왔다. 그리하여 그것은 바람에 불처럼 온 고을에 뻗쳤다. 읍내의 교회에서는 마을마다 전도대를 내보냈다. 그리하여 이 모화의 마을에까지 '복음'이 전파되었다.

"여러 부모 형제자매 우리 서로 보게 된 것 하나님 앞에 감사드릴 것이오. 하나님, 우리 만들었소. 매우 사랑했소. 우리 모두 죄인올시다. 우리 마음속 매우 흉악한 것뿐이오. 그러나 예수 우리 위해 십자가에 못 박혔소. 그러므로 예수 그리스도 믿음으로 우리 구원받을 것이오. 우리 매우 반가운 맘으로 찬송할 것이오. 하나님 앞에 기도드릴 것이오."

두 눈이 파랗고 콧대가 칼날 같은 미국 선교사를 보는 것은 '원숭이 구경'보다도 더 재미나다고들 하였다.

"돈은 한 푼도 안 받는다. 가자."

마을 사람들은 떼를 지어 모여들었다.

이 마을 방 영감네 이종 사촌 손자사위요, 선교사와 함께 온 양조사(楊助事) 부인은 집집마다 심방하여* 가로되,

* 심방하여 : 방문하여 찾아보며.

"무당과 판수*를 믿는 것은 거룩거룩하시고 절대적 하나밖에 없는 우리 하나님 아버지께 죄가 됩니다. 무당이 무슨 능력이 있습니까. 보십시오. 무당은 썩어 빠진 고목나무나, 듣도 보도 못하는 돌미륵한테도 빌고 절을 하지 않습니까. 판수가 무슨 능력이 있습니까. 보십시오, 제 앞도 못 보아 지팡이로 더듬거리는 그가 어떻게 눈 밝은 사람을 구원할 수 있겠습니까. 우리 인생을 만든 것은 절대적 하나밖에 없는 하나님 아버지올시다. 그러므로 아버지께서 말씀하셨습니다. 내 앞에 다른 신을 두지 말라⋯⋯."

이리하여 하나님 아버지의 외아들 예수 그리스도가 온갖 사귀들린 사람, 문둥병 든 사람, 앉은뱅이, 벙어리, 귀머거리를 고친 이야기와 십자가에 못 박혀 죽은 지 사흘 만에 다시 살아나 승천했다는 이야기가 한정 없이 쏟아진다.

모화는 픽 웃곤 했다.

"그까짓 잡귀신들."

했다. 그러나 그들의 비방과 저주는 뼛골에 사무치는 듯 그녀는 징을 울리고 꽹과리를 치며 외쳤다.

엇쇠 귀신아 물러서라,

당대 고축년에 얻어먹던 잡귀신아,

늬 어이 모화를 모르나냐.

*판수 : 점치는 일을 직업으로 삼는 맹인.

34

아니 가고 봐하면 쉰 길 청수에,

엄나무 발에, 무쇠 가마에, 백말 가죽에

늬 자자손손을 가두어 못 얻어먹게 하고

다시는 세상 밖을 내주지 아니하여

햇빛도 못 보게 할란다.

엇쇠 귀신아 썩 물러가거라,

서역 십만 리로 꽁무니에 불을 달고,

두 귀에 방울 달고 왈강달강 왈강달강,

벼락같이 떠나거라

그러나 '예수 귀신'들은 결코 물러가지 않았을 뿐 아니라 점점 늘어만 갔다. 게다가 옛날 모화에게 굿과 푸닥거리를 빌려 다니던 사람들까지 하나 둘씩 모두 예수 귀신이 들기 시작하였다.

이러는 중에 서울서 또 부흥 목사가 내려왔다. 그는 기도를 드려서 병을 고치는 능력이 있다 하여 온 고을 사람들이 모여들기 시작하였다. 그가 병자의 머리 위에 손을 얹고,

"이 죄인은 저의 죄로 말미암아 심히 괴로워하고 있사옵니다."

하고 기도를 올리면, 여자들의 월숫병 대하증쯤은 대개 '죄 씻음'을 받을 수 있었고, 그 밖에도 소경이 눈을 뜨고, 앉은뱅이가 걷고, 귀머거리가 듣고, 벙어리가 말하고, 반신불수와 지랄병까지 저희 믿음 여하에 따라 모두 '죄 씻음'을 받을 수 있다는 것이었

다. 여자들의 은가락지, 금반지가 나날이 수를 다투어 강단 위에 내걸리게 된다. 기부금이 쏟아진다. 이리 되면 모화의 굿 구경에 견줄 나위가 아니라고 하였다.

"양국놈들이 요술단을 꾸며 왔어."

모화는 픽 웃고, 이렇게 말했다. 굿과 푸념으로 사람 속에 든 사귀 잡귀신을 쫓는 것은 지금까지 신령님께서 자기에게만 허락하신 자기의 특수한 권능이었다. 그리고 그의 신령님은 오늘날 예수 꾼들이 그렇게도 미워하고 시기하는 고목이기도 했고, 미륵 돌이기도 했고, 산이기도 했고, 물이기도 했다.

"무당과 판수를 믿는 것은 절대적 한 분밖에 안 계시는 거룩거룩하신 하나님 아버지께 죄가 됩니다."

'예수 귀신'들이 나발을 불고 북을 치며 비방을 하면, 모화는 혼자서 징을 울리고 꽹과리를 치며,

"꽁무니에 불을 달고, 두 귀에 방울 달고, 왈강달강 왈강달강, 서역 십만 리로, 물러서라 잡귀신아."

이렇게 응수하곤 했다.

6

욱이의 병은 그해 가을을 지나 겨울철에 접어들면서부터 드러나게 악화되어 갔다. 모화가 가끔 간장이 녹듯 떨리는 음성으로,

"이것아 이것아, 늬가 이게 웬일이고? 머나먼 길에 에미라고 찾

36

아와서 늬가 이게 무슨 꼴이고?"

손을 잡고 눈물을 흘리면,

"오마니 너무 걱정하지 마시오. 나는 죽어서 우리 아바지께로 갈 것이오."

욱이는 조용히 이렇게 말했다. 그리고 무어 생각나는 게 없느냐고 물으면 그는 조용히 고개를 돌렸다. 그러나 그의 어미가 밖에 나가고 낭이가 혼자 있을 때엔 이따금 낭이의 손을 잡고,

"나 성경 한 권 가졌으면……."

하는 것이었다.

이듬해 봄 그가 세상을 떠나기 사흘 전에 그가 그렇게도 그리워하고 기다리던 현 목사가 평양에서 찾아왔다. 현 목사는 방 영감네 이종 사촌 손자사위인 양 조사의 인도로 뜰 안에 들어서자 그 황폐한 광경과 역한 흙냄새에 미간을 찌푸리며,

"이런 가운데서 욱이가 살고 있소?"

양 조사에게 이렇게 물었다.

욱이는 현 목사가 들어오는 것을 보자 두 눈에 광채를 띠며,

"목사님 목사님."

이렇게 두 번 불렀다.

현 목사는 잠자코 욱이의 여윈 손을 쥐었다. 별안간 그의 온 얼굴은 물든 것처럼 붉어지며 무수한 주름살이 미간과 눈초리에 잡혔다. 그는 솟아오르는 감정을 누르려는 듯이 한참 동안 눈을 감

고 있었다.

양 조사는 긴장된 침묵을 깨뜨리려는 듯이 입을 열었다.

"경주에 교회가 이렇게 속히 서게 된 것은 이분의 공로올시다."

그리하여 그의 말을 들으면 욱이는 평양 현 목사에게 진정을
했고, 현 목사께서는 욱이의 편지에 의하여 대구 노회에 간청을
했고, 일방, 경주 교인들은 욱이의 힘으로 서로 합심하여 대구 노
회와 연락한 결과 의외로 속히 교회 공사가 진척되었던 것이라
하였다.

현 목사가 의사와 함께 다시 오기를 약속하고 일어나려 할 때
욱이는,

"목사님, 나 성경 한 권만 사 주시오."

했다.

"그럼 그동안 우선 이것을 가지시오."

현 목사는 손가방 속에서 자기의 성경 책을 내주었다. 성경 책
을 받아 쥔 욱이는 그것을 가슴에 안고 눈을 감았다. 그의 감은 눈
에서는 이슬방울이 맺히었다.

7

모화 집 마당에는 예년과 다름없이 잡풀이 엉기고, 늙은 개구리
와 지렁이 들이 그 속에 웅크리고 있었다. 그녀는 그동안 거의 굿
을 나가지 않고, 매일, 그 찌그러져 가는 묵은 기와집, 잡초 속에서

혼자 징 꽹과리만 울리고 있었다. 사람들은 모화가 인제 아주 미친 것이라 하였다. 모화는 부엌에다 오색 헝겊을 걸고, 낭이의 그림으로 기를 만들어 달고는, 사뭇 먹기조차 잊어버린 채 입술은 먹같이 검어지고 두 눈엔 날로 이상한 광채가 짙어 갔다.

서역 십만 리 예수 귀신 돌아간다.
꽁무니에 불을 달고, 두 귀에 방울 달고, 왈강달강 왈강달강,
엇쇠 귀신아 썩 물러가거라,
늬 아니 가고 봐하면, 쉰 길 청수에,
엄나무 바알에, 무쇠 가마에, 흰말 가죽에,
너이 자자손손을 다 가두어 죽일란다.
엇쇠! 귀신아!

그녀는 날마다 같은 푸념으로 징 꽹과리를 울렸다. 혹 술잔이나 가지고 이웃 사람이 찾아가,
"모화네 아들 죽고 섭섭해서 어찌나?"
하면, 그녀는 다만,
"우리 아들은 예수 귀신이 잡아갔소."
하고, 한숨을 내쉬곤 했다.
"아까운 모화 굿을 언제 또 볼꼬?"
사람들은 모화를 아주 실신한 사람으로 치고 이렇게 아까워하

곤 했다. 이러할 즈음에 모화의 마지막 굿이 열린다는 소문이 났다. 읍내 어느 부잣집 며느리가 '예기소'에 몸을 던진 것이었다. 그래 모화는 비단옷 두 벌을 받고 특별히 굿을 응낙했다는 말도 났다. 그리고 이와 동시에 모화가 이번 굿에서 딸(낭이)의 입을 열게 할 계획이라는 소문도 났다. '흥, 예수 귀신이 진짠가 신령님이 진짠가 두고 보지' 이렇게 장담했다는 것이다. 사람들은 기대와 호기심에 들끓었다. 그들은 놀랍고 아쉬운 마음으로 산을 넘고 물을 건너 모여들었다.

굿이 열린 백사장 서북쪽으로는 검푸른 소 물이 깊은 비밀과 원한을 품은 채 조용히 굽이돌아 흘러내리고 있었다(명주 꾸리 하나 들어간다는 이 깊은 소에는 해마다 사람이 하나씩 빠져 죽게 마련이라는 전설이었다).

백사장 위에는 수많은 엿장수, 떡장수, 술가게, 밥가게 들이 포장을 치고 혹은 거적을 두르고 득실거렸고, 그 한복판 큰 차일 속에서 굿은 벌어져 있었다. 청사, 홍사, 녹사, 백사, 황사의 오색사 초롱이 꽃송이같이 여기저기 차일 아래 달리고 그 초롱불 밑에서 떡시루, 탁주 동이, 돼지 통새미들이 온 시루, 온 동이, 온 마리째 놓인 대감상, 무더기 쌀과 타래실과 곶감 꼬치, 두부를 놓은 제석상과, 삼색 실과에 백설기와 소채 소탕에 자반, 유과 들을 차려 놓은 미륵상과, 열두 가지 산채로 된 산신상과, 열두 가지 해물을 차린 용신상과, 음식이란 음식마다 한 접시씩 놓은 골목상과, 냉수

한 그릇만 놓인 모화상과 이 밖에도 여러 가지 크고 작은 전물상들이 쭉 늘어놓여 있었다.

이날 밤 모화의 얼굴에는 평소에 볼 수 없던 정숙하고 침착한 빛이 서려 있었다. 어제같이 아들을 잃고 또 새로 들어온 예수교도들로부터 가지각색 비방과 구박을 받아 오던 그녀로서는 의아스러우리 만큼 새침하게 가라앉아 있어, 전날 달밤으로 산에 기도를 다닐 적의 얼굴을 연상케 했다. 그녀는 전날과 같이 여러 사람 앞에서 아양을 부리거나 수선을 떨지도 않았다. 그러나 그녀는 그 호화스러운 전물상들을 둘러보고도 만족한 빛 한 번 띠지 않고, 도리어 비웃듯이 입을 비쭉거렸다

"더러운 년들 전물상만 차리면 그만인가."

입 밖에 내놓고 빈정거리기까지 하였다. 그러자 자리에서는 모화가 오늘밤 새로운 귀신이 지핀다고들 수군거리기 시작했다. 그 가운데 한 여자가 돌연히,

"아, 죽은 김씨 혼신이 덮였군."

하자 다른 여자들도,

"바로 그 김씨가 들렸다. 저 청승맞도록 정숙하고 새침한 얼굴 좀 봐라, 그리고 모화네가 본디 어디 저렇게 이뻤나, 아주 김씨를 덮어썼구면."

이렇게들 수군댔다. 이와 동시, 한쪽에서는 오늘 밤 굿으로 어쩌면 정말 낭이가 말을 하게 될 게라는 얘기도 퍼졌고, 또 한쪽에

서는 낭이가, 누구 아인지는 모르지만 배가 불러 있다는 풍설도 돌았다. 하여간 이 여러 가지 소문들이 오늘 밤 굿으로 해결이 날 것이라고 막연히 그녀들은 믿고 있는 것이었다.

모화는 김씨 부인이 처음 태어났을 때부터 물에 빠져 죽을 때까지의 사연을 한참씩 넋두리하다가는 전악들의 젓대, 피리, 해금에 맞추어 춤을 덩실거렸다. 그녀의 음성은 언제보다도 더 구슬펐고 몸뚱이는 뼈도 살도 없는 율동으로 화한 듯 너울거렸고…… 취한 양, 얼이 빠진 양 구경하는 여인들의 숨결은 모화의 쾌자 자락만 따라 오르내렸다. 모화의 쾌자 자락은 모화의 숨결을 따라 나부끼는 듯했고, 모화의 숨결은 한 많은 김씨 부인의 혼령을 받아 청승에 자지러진 채, 비밀을 품고 조용히 굽이돌아 흐르는 강물(예기소의)과 함께 자리를 옮겨 가는 하늘의 별들을 삼킨 듯했다.

밤중이나 되어서였다.

혼백이 건져지지 않는다는 것이었다. 화랑이들과 작은무당들이 몇 번이나 초망자(招亡者) 줄에 밥그릇을 달아 물속에 던져도 밥그릇 속에 죽은 사람의 머리카락이 들어오지 않는 것으로 보아 김씨가 초혼*에 응하질 않는 모양이라 하였다.

작은무당 하나가 초조한 낯빛으로 모화의 귀에 입을 바짝 대며,

"여태 혼백을 못 건져서 어떡해?"

하였다.

*초혼 : 사람이 죽었을 때에, 그 혼을 소리쳐 부르는 일.

모화는 조금도 서두르지 않고 오히려 당연하다는 듯이 넋대*를 잡고 물가로 들어섰다.

초망자 줄을 잡은 화랑이는 넋대가 가리키는 방향으로 이리저리 초혼 그릇을 물속에 굴렸다.

일어나소 일어나소,
서른세 살 월성 김씨 대주 부인,
방성으로 태어날 때 칠성에 복을 빌어

모화는 넋대로 물을 휘저으며 진정 목이 멘 소리로 혼백을 불렀다.

꽃같이 피난 몸이 옥같이 자란 몸이,
양친 부모도 생존이요, 어린 자식 누여 두고,
검은 물에 뛰어들 제 용신님도 외면이라,
치마폭이 봉긋 떠서 연화대를 타단 말가,
삼단 머리 흐트러져 물귀신이 되단 말가

모화는 넋대를 따라 점점 깊은 물속으로 들어갔다. 옷이 물에 젖어 한 자락 몸에 휘감기고, 한 자락 물에 떠서 나부꼈다.

*넋대 : 무당이 물에 빠져 죽은 사람의 넋을 건지는 데 쓰는 장대.

검은 물은 그녀의 허리를 잠그고, 가슴을 잠그고 점점 부풀어 오른다…….

그녀는 차츰 목소리가 멀어지며 넋두리도 허황해지기 시작했다.

가자시라 가자시라 이수중분 백노주로,
불러 주소 불러 주소 우리 성님 불러 주소,
봄철이라 이 강변에 복숭꽃이 피그덜랑,
소복단장 낭이 따님 이 내 소식 물어 주소,
첫 가지에 안부 묻고, 둘째 가……

할 즈음, 모화의 몸은 그 넋두리와 함께 물속에 아주 잠겨 버렸다.

처음엔 쾌자 자락이 보이더니 그것마저 잠겨 버리고, 넋대만 물 위에 빙빙 돌다가 흘러내렸다.

열흘쯤 지난 뒤다.

동해변 어느 길목에서 해물 가게를 보고 있다던 체수 조그만 사내가 나귀 한 마리를 몰고 왔을 때, 그때까지 아직 몸이 완쾌하지 못한 낭이가 퀭한 눈으로 자리에 누워 있었다.

사내는 낭이에게 흰 죽을 먹이기 시작했다.

"아버으이."

낭이는 그 아버지를 보자 이렇게 소리를 내어 불렀다. 모화의 마지막 굿이 (떠돌던 예언대로) 영검을 나타냈는지 그녀의 말소리는 전에 없이 알아들을 만도 했다.

다시 열흘이 지났다.

"여기 타라."

사내는 손으로 나귀를 가리켰다.

"……."

낭이는 잠자코 그 아버지가 시키는 대로 나귀 위에 올라앉았다.

그네들이 떠난 뒤엔 아무도 그 집을 찾아오는 사람이 없었고, 밤이면 그 무성한 잡풀 속에서 모기들만이 떼를 지어 울었다.

등신불

등신불(等身佛)은 양자강(揚子江) 북쪽에 있는 정원사(淨願寺)의 금불각(金佛閣) 속에 안치되어 있는 불상의 이름이다. 등신금불(等身金佛) 또는 그냥 금불이라고도 불렀다.

그러니까 나는 이 등신불, 등신금불로 불리는 불상에 대해 보고 듣고 한 그대로를 여기다 적으려 하거니와, 그보다 먼저, 내가 어떻게 해서 그 정원사라는 먼 이역의 고찰을 찾게 되었었는지 그것부터 이야기해야겠다.

내가 일본의 대정 대학 재학 중에 학병(태평양 전쟁)으로 끌려나간 것은 일구사삼(一九四三) 년 이른 여름, 내 나이 스물세 살 나던 때였다.

내가 소속된 부대는 북경(北京)서 서주(徐州)를 거쳐 남경(南京)에 도착되었다. 그리하여 우리는 다른 부대가 당도할 때까지 거기서 머무르게 되었다. 처음엔 주둔이라기보다 대기에 속하는 편이었으나 다음 부대의 도착이 예상보다 늦어지자 나중은 교체 부대가 당도할 때까지 주둔군의 임무를 맡게 되었다.

그때 우리는 확실한 정보는 아니지만 대체로 인도지나*나 인도네시아 방면으로 가게 된다는 것을 어림으로 짐작하고 있었기 때문에, 하루라도 오래 남경에 머물면 머물수록 그만큼 우리의 목숨이 더 연장되는 거와 같이 생각하고 있었다. 따라서 교체 부대가 하루라도 더 늦게 와 주었으면 하고 마음속으로 은근히 빌고 있는 편이기도 했다.

실상은 그냥 빌고 있는 심정만도 아니었다. 더 나아가서 이 기회에 기어이 나는 나의 목숨을 건져 내어야 한다고 결심했다. 나는 이런 기회를 위하여 미리 약간의 준비(조사)까지 해 두었던 것이다. 그것은 중국의 불교 학자로서 일본에 와 유학을 하고 돌아간—특히 대정 대학 출신으로—사람들의 명단을 조사해 둔 일이 있었다. 나는 비장(秘藏)한 작은 쪽지에서 '남경 진기수(陳奇修)'란 이름을 발견했을 때, 야릇한 흥분으로 가슴이 두근거리며 머릿속까지 횡해지는 듯했다.

그러나 낯선 이역의 도시에서, 더구나 나 같은 일본군에 소속된 한국 출신 학병의 몸으로서, 그를 찾고 못 찾고 하는 일이 곧 내가 죽고 사는 판가름이라고 생각하지 않았던들, 또 내가 평소에 나의

*인도지나 : '인도차이나'의 음역어.

48

책상머리에 언제나 걸어 두고 바라보던 관세음보살님이 미소로써 나를 굽어보고 있는 것이라고 믿어지지 않았던들, 그때의 그러한 용기와 지혜를 내 속에서 나는 자아내지 못했을는지 모른다.

나는 우리 부대가 앞으로 사흘 이내에 남경을 떠난다고 하는—그것도 확실한 정보가 아니고 누구의 입에선가 새어 나온 말이지만—조마조마한 고비에 정심원(靜心院 : 남경에 있는 중국인 불교 포교당)에 있는 포교사를 통하여 진기수 씨가 남경 교외의 서공암(棲空庵)이라는 작은 암자에 독거하고 있다는 것을 알게 되었다.

그날 내가 서공암에서 진기수 씨를 찾게 된 것은 땅거미가 질 무렵이었다. 나는 그를 보자 합장을 올리며 무수히 머리를 수그림으로써 나의 절박한 사정과 그에 대한 경의를 먼저 표한 뒤 솔직하게 나의 처지와 용건을 털어놓았다.

그러나 평생 처음 보는 타국 청년—그것도 적국의 군복을 입은—에게 그러한 협조를 쉽사리 약속해 줄 사람은 없었다. 그의 두 눈이 약간 찡그러지며 입에서는 곧 거절의 선고가 내릴 듯한 순간, 나는 미리 준비하고 갔던 흰 종이를 끄집어내어 내 앞에 폈다. 그러고는 바른편 손 식지 끝을 스스로 물어서 살을 떼어 낸 다음 그 피로써 다음과 같이 썼다.

'願免殺生 歸依佛恩..'(원컨대 살생을 면하게 하옵시며 부처님의 은혜 속에 귀의코자 하나이다.)

나는 이 여덟 글자의 혈서를 두 손으로 받들어 그의 앞에 올린 뒤, 다시 합장을 했다.

이것을 본 진기수 씨는 분명히 얼굴빛이 달라졌다. 그것은 반드시 기쁜 빛이라 할 수는 없었으나 조금 전의 그 거절의 선고만은 가셔진 듯한 얼굴이었다.

잠깐 동안 침묵이 흐른 뒤, 진기수 씨는 나직한 목소리로 입을 열었다.

"나를 따라오게."

나는 곧 자리에서 일어나 그의 뒤를 따라갔다.

깊숙한 골방이었다.

진기수 씨는 나를 그 컴컴한 골방 속에 들여보내고 자기는 문을 닫고 도로 나가 버렸다. 조금 뒤 그는 법의* 한 벌을 가져와 방 안으로 디밀며,

"이걸로 갈아입게."

하고는 또다시 문을 닫고 나갔다.

나는 한숨이 터져 나왔다. 이제야 사는가 보다 하는 생각이 나의 가슴속을 후끈하게 적셔 주는 듯했다.

내가 옷을 갈아입고 났을 때, 이번에는 또 간소한 저녁상이 디밀어졌다.

나는 말없이 디밀어진 저녁상을 또한 그렇게 말없이 받아서 지

*법의(法衣): 중이 입는 가사나 장삼 따위의 옷.

체 없이 다 먹어 치웠다.

내가 빈 그릇을 문밖으로 내놓자 밖에서 기다리고나 있었던 듯 이내 진기수 씨가 어떤 늙은 중 하나를 데리고 들어왔다.

"이분을 따라가게. 소개장은 이분에게 맡겼어. 큰절〔本刹〕의 내법사 스님한테 가는…….."

"……."

나는 무조건 네, 네, 하며 곧장 머리를 끄덕일 뿐이었다. 나를 살려 주려는 사람에게 무조건 나를 맡길 수밖에 없었던 것이다.

"길은 일본 병정들이 알지도 못하는 산속 지름길이야. 한 백 리 남짓 되지만 오늘이 스무하루니까 밤중 되면 달빛도 좀 있을 게구……. 그럼…… 불연(佛緣) 깊기를…… 나무관세음보살."

그는 나를 향해 합장을 하며 머리를 수그렸다.

"……."

나는 목이 콱 메어 옴을 깨달았다. 눈물이 핑 돈 채 나도 그를 향해 잠자코 합장을 올렸다.

어둡고 험한 산길을 경암(鏡岩) — 나를 데리고 가는 늙은 중—은 거침없이 걸었다. 아무리 발에 익은 길이라 하지만 군데군데 나뭇가지가 걸리고 바닥이 파이고 돌이 솟고 게다가 굽이굽이 간수*가 가로지른 초망* 속의 지름길을 칠흑 같은 어둠 속에서

* 간수(澗水): 골짜기에서 흐르는 물.

어쩌면 그렇게도 잘 뚫고 나가는지 그저 신기하기만 했다. 내가 믿는 것은 젊음 하나뿐이련만 그는 20리나 30리를 걸어도 힘에 부치어 쉬자고 할 기색은 보이지 않았다.

나는 쉴 새 없이 손으로 이마의 땀을 씻어 가며 그의 뒤를 따랐으나 한참씩 가다 보면 어느덧 그를 어둠 속에 잃어버리곤 했다. 나는 몇 번이나 나뭇가지에 얼굴이 긁히우고, 돌에 채어 무릎을 깨고 하며 "대사……", "대사……" 하며 그를 불러야만 했다. 그럴 때마다 경암은 혼잣말로 낮게 중얼거리며 나를 기다려 주는 것이나, 내가 가까이 가면 또 아무 말도 없이 그냥 휙 돌아서서 걸음을 옮겨 놓기 시작하는 것이다.

밤중도 훨씬 넘어 조각달이 수풀 사이로 비쳐 들면서 나는 비로소 생기를 얻기 시작했다. 이제부터는 경암이 제아무리 앞에서 달린다 하더라도 두 번 다시 그를 놓치지는 않으리라 맘속으로 다짐했다.

이렇게 정세가 바뀌어졌음을 그도 느끼는지 내가 그의 곁으로 다가서자 그는 나를 흘낏 돌아다보더니, 한쪽 팔을 들어 먼 데를 가리키며 반원을 그어 보이고는 200리라고 했다. 이렇게 지름길을 가지 않고 좋은 길로 돌아가면 200리 길이라는 뜻인 듯했다.

나는 한마디 얻어들은 중국말로 "세 세"* 하고 장단을 맞추며

* 초망(草莽) : 풀숲.
* 세 세 : 중국어로 '감사합니다'를 뜻하는 말.

고개를 끄덕여 보이곤 했다.

　우리가 정원사 산문 앞에 닿았을 때는 이튿날 늦은 아침 녘이었다. 경암은 푸른 수풀 속에 거뭇거뭇 보이는 높은 기와집들을 손가락질로 가리키며 자랑스런 얼굴로 무어라고 중얼거렸다. 나는 또 고개를 끄덕이며 "하오! 하오!"*를 되풀이했다.

　산문을 지나 정문을 들어서니 산 무더기 같은 큰 다락이 정면에 버티고 섰다. 현판을 쳐다보니 태허루(太虛樓)라 씌어 있었다.

　태허루 곁을 돌아 안마당 어귀에 들어서니 정면 한가운데 높직이 앉아 있는 가장 웅장한 건물이 법당이라고는 짐작이 가나 그 양 옆으로 첩첩이 가로세로 혹은 길쭉하게 눕고, 혹은 높다랗게 서고, 혹은 둥실하게 앉은 무수한 집들이 모두 무슨 이름에 어떠한 구실을 하는 것들인지 첫눈엔 그저 황홀하고 얼떨떨할 뿐이었다.

　경암은 나를 데리고, 그 첩첩이 둘러앉은 집들 사이를 한참 돌더니 청정실(淸淨室)이란 조그만 현판이 붙은 조용한 집 앞에 와서 기척을 했다. 방문이 열리더니 한 스무 살이나 될락말락한 젊은 중이 얼굴을 내밀며 알은체를 한다. 둘이서(젊은이는 방문 앞에 서고 경암은 뜰아래 선 채) 한참 동안 말을 주고받고 한 끝에 경암이 나를 데리고 집 안으로 들어갔다.

　방 안에는 머리가 하얗게 세고 키가 성큼하게 커 뵈는 노승이 미소 띤 얼굴로 경암과 나를 맞아 주었다. 나는 말이 통하지 않으

* 하오! 하오! : 중국어로 '좋다'를 뜻하는 말.

므로 노승 앞에 발을 모으고 서서 정중히 합장을 올렸다. 어저께 진기수 씨 앞에서 연거푸 머리를 수그리던 것과는 달리 이번에는 한 번만 정중하게 머리를 수그려 절을 했던 것이다.

노승은 미소 띤 얼굴로 고개를 끄덕이며 나에게 자리를 가리킨 뒤 경암이 내어 드린 진기수 씨의 편지를 펴 보았다.

"불은(佛恩)이로다."

편지를 읽고 난 노승은 이렇게 말했다.(그것도 그때는 알아듣지 못했지만 나중 가서 알고 보니 그랬다. 그리고 이것도 나중에야 알게 된 일이지만 이 노승이 두어 해 전까지 이 절의 주지를 지낸 원혜 대사로 진기수 씨가 말한 자기의 법사 스님이란 곧 이분이었던 것이다.)

그날 저녁 나는 원혜 대사의 주선으로 그가 거처하고 있는 청정실 바로 곁의 조그만 방 한 칸을 혼자서 쓸 수 있게 되었다.

나를 그 방으로 인도해 준 젊은이 — 원혜 대사의 시봉(侍奉) — 는,

"저와 이웃이죠."

희고 넓적한 이를 드러내 보이며 빙긋이 웃었다. 그리고 자기 이름을 청운(淸雲)이라 부른다고 했다.

나는 방 한 칸을 따로 쓰고 있었지만 결코 방 안에 들어앉아 게으름을 피우지는 않았다. 나를 죽을 고비에서 건져 준 진기수 씨 — 그의 법명은 혜운(慧雲)이었다 — 나 원혜 대사의 은덕을 생

54

각해서라도 나는 결코 남의 입질에 오르내릴 짓을 해서는 안 되리라고 결심했던 것이다.

나는 아침 일찍이 일어나 세수를 하고, 예불을 끝내면 청운과 함께 청정실 안팎과 앞뒤의 복도와 뜰을 먼지 티끌 하나 없이 쓸고 닦았다.

뿐만 아니라, 다른 스님을 따라 산에 가 약초도 캐고 식량 준비도 거들었다.(이 절에서도 전쟁 관계로 식량이 달렸으므로 산중의 스님들은 여름부터 식용이 될 만한 풀잎과 나무뿌리 같은 것들을 캐러 산으로 가곤 했었다.)

일을 마치고 돌아오면 손발을 깨끗이 씻고 내 방에 꿇어앉아 불경을 읽거나 그렇지 않으면 청운에게 중국어를 배웠다.(이것은 나의 열성에다 청운의 호의가 곁들어서 그런지 의외로 빨리 진척이 되어 사흘 만에 이미 간단한 말로—물론 몇 마디씩이지만—대화하는 흉내까지 낼 수 있게 되었다.)

아무리 방에 혼자 있을 때라도 취침 시간 이외엔 방 안에 번듯이 드러눕지 않도록 내 자신과 씨름을 했다. 그렇게 버릇을 들이지 않으려고 나는 몇 번이나 내 자신에게 다짐을 놓았는지 모른다. 졸음이 와서 정 견디기가 어려울 때는 밖으로 나와 어정대며 바람을 쐬곤 했다.

처음엔 이렇게 막연히 어정대며 바람을 쐬던 것이 얼마 가지 않아 나는 어정대지 않게 되었다. 으레 가는 곳이 정해지게 되었다.

그것이 저 금불각이었던 것이다.

여기서도 물론 나는 법당 구경을 먼저 했다. 본존(本尊)을 모셔
둔 곳이니만큼 그 절의 풍도나 품격을 가장 대표적으로 보여 주는
곳이라는 까닭으로서보다도 절 구경은 으레 법당이 중심이라는
종래의 습관 때문이라고 하는 편이 옳았는지 모른다. 그러나 내가
법당에서 얻은 감명은 우리나라의 큰 절이나 일본의 그것에 견주
어 그렇게 자별하다고 할 것이 없었다. 기둥이 더 굵대야 그저 그
렇고, 불상이 더 크대야 놀랄 정도는 아니요, 그 밖에 채색이나 조
각에 있어서도 한국이나 일본의 그것에 비하여 더 정교한 편은 아
닌 듯했다. 다만 정면 한가운데 높직이 모셔져 있는 세 위(位)의
불상(훌륭히 도금을 입힌)을 그대로 살아 있는 사람으로 간주하고
힘겨룸을 시켜 본다면 한국이나 일본의 그것보다 더 놀라운 힘을
쓸 수 있지 않을까 하는 생각이었다. 그러니까 나로서는 어디까지
나 '살아 있는 사람으로 간주하고 힘겨룸을 시켜 본다면' 하는 가
정에서 말한 것이지만, 그네의 눈으로써 보면 자기네의 부처님(불
상)이 그만큼 더 거룩하게만 보일는지 모를 일이었다. 더 쉽게 말
하자면 내가 위에서 말한 더 놀라운 힘이란 체력을 뜻하는 것이지
만 그들의 눈에는 그것이 어떤 거룩한 법력이나 도력으로 비칠는
지도 모른다는 것이다.

그리고 내가 특히 이런 생각을 더 하게 된 것은 금불각을 구경
한 뒤였다. 금불각 속에 모셔져 있는 등신불(등신금불)을 보고 받

56

은 깊은 감명이 그 절의 모든 것을, 특히 법당에 모셔져 있는 세 위의 큰 불상을, 거룩하게 느끼게 하는 어떤 압력 같은 것이 되어 나타났다고나 할까.

물론 나는 청운이나 원혜 대사로부터 금불각에 대하여 미리 들은 바도 없으면서 금불각이 앉은 자리라든가 그 집 구조로 보아서 약간 특이한 느낌이 그 안의 불상(등신불)을 구경하기 전에 이미 들지 않았던 것은 아니다. 그것은 무엇보다도 법당 뒤꼍에서 길 반가량 높이의 돌계단을 올라가서, 거기서부터 약 5, 60미터 거리의 석대가 구축되고 그 석대가 곧 금불각에 이르는 길이 되어 있기 때문인지도 몰랐다. 더구나 그 석대가 똑같은 크기의 넓적넓적한 네모잽이 돌로 쌓아져 있는데 돌 위엔 보기 좋게 거뭇거뭇한 돌옷이 입혀져 있었던 것이다. 말하자면 법당 뒤꼍의 동북쪽 언덕을 보기 좋은 돌로 평평하게 쌓아서 석대를 만들고 그 위에 금불각을 세워 놓은 것이다. 게다가 추녀와 현판을 모두 돌아가며 도금을 입히고 네 벽에 새긴 조상(彫像)과 그림에 도금을 많이 써서 그야말로 밖에서 보는 건물 그 자체부터 금빛이 현란했다.

나는 본디 비단이나, 종이나, 나무나, 쇠붙이 따위에 올린 금물이나 금박 같은 것을 왠지 거북해하는 성미라 금불각에 입혀져 있는 금빛에도 그러한 경계심과 반감 같은 것을 품고 대했지만, 하여간 이렇게 석대를 쌓고 금칠을 하고 할 때는 그네들로서 무엇인가 아끼고 위하는 마음의 표시를 하노라고 한 짓임에 틀림없을 것이라고 보지 않을 수 없었다.

그러면서도 나는 그 아끼고 위하는 것이 보나마나 대단한 것은 아니리라고 혼자 속으로 미리 단정을 내리고 있었다. 나의 과거 경험으로 본다면 이런 것은 대개 어느 대왕이나 황제의 갸륵한 뜻으로 순금을 많이 넣어서 주조한 불상이라든가 또는 어느 천자가 어느 황후의 명복을 빌기 위해서 친히 불사를 일으킨 연유의 불상이라든가 하는 따위 ─ 대왕이나 황제의 권위를 보여 주기 위해서는 금빛이 십상이었기 때문이었다.

나의 이러한 생각은 그들이 이 금불각의 권위를 높이기 위하여 좀처럼 문을 열어 주지 않는 것을 보고 더욱 굳어졌다. 적어도 은화 다섯 냥 이상의 새전*이 아니면 문을 여는 법이 없다는 것이다. 그렇지 않으면 어느 선남선녀의 큰 불공이 있을 때라야만 한다는 것이다.(그리고 이때 ─ 큰 불공이 있을 ─ 에도 본사 승려 이외에 금불각을 참례하는 자는 또 따로 새전을 내어야 한다는 것이다.)

그렇다면 더구나 신도들의 새전을 긁어모으기 위한 술책으로 좁쌀만 한 언턱거리*를 가지고 연극을 꾸미고 있는 것임에 틀림이 없으리라고 나는 아주 단정을 하고 도로 내 방으로 돌아왔다가 그때 마침 청운이 중국어를 가르쳐 주려고 왔기에,

"저 금불각이란 게 뭐지?"

*새전(賽錢) : 신령이나 부처님 앞에 바치는 돈.
*언턱거리 : 남에게 무턱대고 억지로 떼를 쓸 만한 근거나 핑계.

아무것도 아닌 것처럼 물어보았다.

"왜요?"

청운이 빙긋이 웃으며 도로 물었다.

"구경 갔더니 문을 안 열어 주던데……."

"지금 같이 가 볼까요?"

"무어, 담에 보지."

"담에라도 그럴 거예요, 이왕 말 난 김에 가 보시구려."

청운이 은근히 권하는 빛이기도 해서 나는 그렇다면 하고 그를
따라 나갔다.

이번에는 청운이 숫제 금불각을 담당한 노승에게서 쇳대를 빌
려 와서 손수 문을 열어 주었다. 그리고 문 앞에 선 채 그도 합장을
올렸다.

나는 그가 문을 여는 순간부터 미묘한 충격에 사로잡힌 채 그가
합장을 올릴 때도 그냥 멍하니 불상만 바라보고 서 있었다. 우선
내가 예상한 대로 좀 두텁게 도금을 입힌 불상임에는 틀림이 없었
다. 그러나 그것은 전혀 내가 미리 예상했던 그러한 어떤 불상이
아니었다. 머리 위에 향로를 이고 두 손을 합장한, 고개와 등이 앞
으로 좀 수그러진, 입도 조금 헤벌어진, 그것은 불상이라고 할 수
도 없는, 형편없이 초라한, 그러면서도 무언지 보는 사람의 가슴을
쥐어짜는 듯한, 사무치게 애절한 느낌을 주는 등신대(等身大)의
결가부좌상(結跏趺坐像)이었다. 그렇게 정연하고 단아하게 석대

를 쌓고 추녀와 현판에 금물을 입힌 금불각 속에 안치되어 있음 직한 아름답고 거룩하고 존엄성 있는 그러한 불상과는 하늘과 땅 사이라고나 할까, 너무도 거리가 먼, 어이가 없는, 허리도 제대로 펴고 앉지 못한, 머리 위에 조그만 향로를 얹은 채 우는 듯한, 웃는 듯한, 찡그린 듯한, 오뇌와 비원(悲願)이 서린 듯한, 그러면서도 무어라고 형언할 수 없는 슬픔이랄까 아픔 같은 것이 보는 사람의 가슴을 꽉 움켜잡는 듯한, 일찍이 본 적도 상상한 적도 없는 그러 한 어떤 가부좌상이었다.

내가 그것을 바라보는 순간부터 나는 미묘한 충격에 사로잡히 게 되었다고 말했지만 그러나 그 미묘한 충격을 나는 어떠한 말로 써도 설명할 길이 없다. 다만 나는 그것을 바라보고 있는 동안 처 음 보았을 때 받은 그 경악과 충격이 점점 더 전율과 공포로 화하 여 나를 후려갈기는 듯한 어지러움에 휩싸일 뿐이었다고나 할까. 곁에 있던 청운이 나의 얼굴을 돌아다보았을 때도 나는 손끝 하나 까딱하지 못하며 정강마루와 아래턱을 그냥 덜덜덜 떨고 있을 뿐 이었다.

—저건 부처님도 아니다! 불상도 아니야!

나는 내 자신도 모르는 사이에 이렇게 목이 터지도록 소리를 지 르고 싶었으나 나의 목구멍은 얼어붙은 듯 아무런 말도 새어 나오 지 않았다.

이튿날 새벽 예불을 마치고 내가 청운과 더불어 원혜 대사에게

아침 인사를 드리러 갔을 때 스님은,

"어저께 금불각 구경을 갔었니?"

물었다.

내가 겁에 질린 얼굴로 참배했었다고 대답하자 스님은 꽤 만족한 얼굴로,

"불은이로다."

했다.

나는 맘속으로 그건 부처님이 아니었어요, 부처님의 상호*가 아니었어요, 하고 소리를 지르고 싶은 충동을 깨달았으나 굳이 입을 닫고 참을 수밖에 없었다.

이때 스님(원혜 대사)은 내 맘속을 헤아리는 듯,

"그래 어느 부처님이 제일 맘에 들더냐?"

물었다.

나는 실상 그 등신불에 질리어 그 곁에 모신 다른 불상들은 거의 살펴보지도 못했던 것이다.

"다른 부처님은 미처 보지도 못했어요. 가운데 모신 부, 부처님이 어떻게나 무, 무서운지…….."

나는 또 아래턱이 덜덜덜 떨리어 말을 이을 수 없었다.

원혜 대사는 말없이 나의 얼굴(아래턱이 덜덜덜 떨리는)을 가만히 건너다보고만 있었다. 그러자 나는 지금 금방 내 입으로 부처

*상호: 부처의 몸에 갖추어진 훌륭한 용모와 형상.

님이라고 말한 것이 생각났다. 왜 그런지 그렇게 말해서는 안 될 것을 말한 듯한 야릇한 반발이 내 속에서 폭발되었다.

"그렇지만…… 아니었어요…… 부처님의 상호 같지 않았어요."

나는 전신의 힘을 다하여 겨우 이렇게 말해 버렸다.

"왜, 머리에 얹은 것이 화관이 아니고 향로래서 그러니? …… 그렇지, 그건 향로야."

원혜 대사는 조금도 나를 꾸짖는 빛이 아니었다. 오히려 나의 그러한 불만에 구미가 당기는 듯한 얼굴이었다.

"……."

나는 잠자코 원혜 대사의 얼굴을 쳐다보고 있었다. 곁에 있던 청운이 두어 번이나 나에게 눈짓을 했을 만큼 나의 두 눈은 스님을 쏘아보듯이 빛나고 있었다.

"자네 말대로 하면 부처님이 아니고 나한*님이란 말인가. 그렇지만 나한님도 머리 위에 향로를 쓴 분은 없잖아. 오백 나한* 중에도……."

나는 역시 입을 닫은 채 호기심에 가득 찬 눈으로 스님의 얼굴을 쳐다볼 뿐이었다.

그러나 원혜 대사는 더 자세한 이야기를 들려주지 않았다.

---

*나한(羅漢): 생사를 이미 초월하여 배울 만한 법도가 없게 된 경지의 부처.
*오백 나한: 석가모니가 남긴 교리를 결집하기 위해 모였던 500명의 아라한.

"그렇지, 본래는 부처님이 아니야. 모두가 부처님이라고 부르게 됐어. 본래는 이 절 스님인데 성불(成佛)을 했으니까 부처님이라고 부른 게지. 자네도 마찬가지야."

스님은 말을 마치고 가만히 두 손을 모아 합장을 한다.

나도 머리를 숙이며 합장을 올리고 자리에서 일어났다.

그날 아침 공양을 마치고 청정실로 건너올 때 청운은 나에게 턱으로 금불각 쪽을 가리키며,

"나도 첨엔 이상했어, 그렇지만 이 절에선 영검*이 제일 많은 부처님이라오."

"영검이라고?"

나는 이렇게 물었지만 실상은 청운이 서슴지 않고 부처님이라고 부르는 말에 더욱 놀랐던 것이다. 조금 전에도 원혜 대사로부터 '모두가 부처님이라고 부르게 됐다'는 말을 듣긴 했지만 그때까지의 나의 머릿속에 박혀 있는 습관화된 개념으로써는 도저히 부처님과 스님을 혼동할 수 없었던 것이다.

"그럼, 그래서 그렇게 새전이 많다오."

청운의 대답이었다. 그는 계속해서 들려주었다.

······스님의 이름은 잘 모른다. 당(唐)나라 때다. 일천 수백 년 전이라고 한다. 소신공양(燒身供養)으로 성불을 했다. 공양을 드

* 영검 : 사람의 기원대로 되는 신기한 징조를 경험하는 일.

리고 있을 때 여러 가지 신이(神異)가 일어났다. 이것을 보고 들은 수많은 사람들이 구름같이 모여들어서 아낌없이 새전과 불공을 드렸는데 그들 가운데 영검을 보지 못한 사람은 하나도 없다. 그 뒤에도 계속해서 영검이 있었다. 지금까지 여기 금불각에 빌어서 아이를 낳고 병을 고치고 한 사람의 수효는 수천수만을 헤아린다. 그 밖에도 소원을 성취한 사람은 이루 다 헤일 수가 없다…….

나도 청운에게서 소신공양이란 말을 들었을 때 몸이 부르르 떨렸다.

"그러면 그럴 테지……."

나는 무슨 뜻인지 이렇게 중얼거렸다. 그리고 잇달아 눈을 감고 합장을 올렸다. 나무아미타불, 나무아미타불, 나의 입에서는 나도 모르게 염불이 흘러나왔다.

아아, 그 고뇌! 그 비원! 나의 감은 두 눈에서는 눈물이 번져 나왔다. 나무아미타불, 나무아미타불! 나는 발작과도 같이 곧장 염불을 외웠다.

"나도 처음 뵈었을 때는 가슴이 뭉클했다오. 그 뒤에 여러 번 보고 나니까 차츰 심상해지더군."

청운은 빙긋이 웃으며 나를 위로하듯이 말했다.

그것은 그렇다 하더라도 나에게는 아무래도 석연치 못한 것이 있다…….

소신공양으로 성불을 했다면 부처님이 되었어야 하지 않는가.

64

부처님이 되었다면 지금까지 모든 불상에서 보아 온 바와 같은 거룩하고 원만하고 평화스러운 상호는 아니라 할지라도 그에 가까운 부처님다움은 있어야 하지 않을까. 거룩하고 부드럽고 평화스러운 맛은 지녔어야 하지 않겠는가. 그러나 금불각의 가부좌상은 어디까지나 인간을 벗어나지 못한 고뇌와 비원이 서린 듯한 얼굴이 아니던가. 그럼에도 불구하고 과거의 어떠한 대각*보다도 그렇게 영검이 많다는 것은 무슨 까닭인가.

나의 머릿속에서는 잠시도 이러한 의문들이 가셔지지 않았다. 더구나 청운에게서 소신공양으로 성불했다는 이야기를 들은 뒤부터는 금불이 아닌 새까만 숯덩이가 곧잘 눈에 삼삼거려 배길 수 없었다.

사흘 뒤에 나는 금불을 찾았다. 사흘 전에 받은 충격이 어쩌면 나의 병적인 환상의 소치가 아닐까 하는 마음과, 또 청운의 말대로 '여러 번' 봐서 '심상해'진다면 나의 가슴에 사무친 '오뇌와 비원'의 촉수(觸手)도 다소 무디어지리라는 생각에서이다.

문이 열리자, 나는 그날 청운이 하던 대로 이내 머리를 수그리며 합장을 올렸다. 입으로는 쉴 새 없이 나무아미타불을 부르며……. 눈꺼풀과 속눈썹이 바르르 떨리며 나의 눈이 열렸을 때 금불은 사흘 전의 그 모양 그대로 향로를 이고 앉아 있었다. 거룩

*대각(大覺): '부처'를 달리 이르는 말.

하고 원만한 것이 상징인 듯한 부처님의 상호와는 너무나 거리가
먼, 우는 듯한, 웃는 듯한, 찡그린 듯한, 오뇌와 비원이 서린 듯한,
가부좌상임에는 변함이 없었으나, 그 무어라고 형언할 수 없는 슬
픔이랄까 아픔 같은 것이 전날처럼 송두리째 나의 가슴을 움켜잡
는 듯한 전율에 휩쓸리지는 않았다. 나의 가슴은 이미 그러한 '슬
픔이랄까 아픔 같은 것'으로 메워져 있었고, 또 그에게서 '거룩하
고 원만한 것의 상징인 부처님의 상호'를 기대하는 마음은 가셔져
있었기 때문인지도 몰랐다.

나는 다시 눈을 감고 합장을 올리며 입술이 바르르 떨리듯 오랫
동안 아미타불을 부른 뒤 그 앞에서 물러났다.

그날 저녁 예불을 마치고 청운과 더불어 원혜 대사에게 저녁 인
사(자리에 들기 전)를 갔을 때 스님은 나를 보고,

"너 금불을 보고 나서 괴로워하는구나?"

했다.

"……."

나는 고개를 수그린 채 입을 열지 못하고 있었다.

"그럼, 너 금불각에 있는 그 불상의 기록을 봤느냐?"

스님이 또 물으시기에 내가 못 봤다고 했더니, 그러면 기록을
한 번 보라고 했다.

이튿날 내가 청운과 더불어 아침 인사를 드릴 때 원혜 대사는,
자기가 금불각에 일러두었으니 가서 기록을 청해서 보고 오라고

했다.

나는 스님께 합장하고 물러 나와 곧 금불각으로 올라갔다. 금불각의 노승이 돌함〔石函〕에서 내어 준 폭이 한 뼘 남짓, 길이가 두 뼘가량 되는 책자를 받아 들었을 때 향기가 코를 찌르는 듯했다(벌레를 막기 위한 향료인 듯). 두터운 표지 위에는 금 글씨로 "만적선사 소신 성불기(萬寂禪師燒身成佛記)"라 씌어 있고, 책 모서리에도 금물이 먹여져 있었다.

표지를 젖히자 지면은 모두 잿빛 바탕(물감을 먹인 듯)이요, 그 위에 금 글씨로 다음과 같이 씌어 있었다.

　萬寂法名俗名曰耆姓曹氏也金陵出生父未詳母張氏改嫁謝公仇
之家仇有一子名曰信年似與耆各十有餘歲一日母給食于二兒秘置
以毒信之食耆偶窺之而按是母貪謝家之財爲我故謀害前室之子以
如此耆不堪悲懷乃自欲將取信之食母見之驚而失色奪之曰是非汝
之食也何取信之食耶信與耆默而不答數日後信去自家行蹟渺然耆
曰信已去家我必携信然後歸家卽以隱身而爲僧改稱萬寂以此爲法
名住於金陵法林院後移淨願寺無風庵修法于海覺禪師寂二十四歲
之春曰我生非大覺之材不如供養吾身以報佛恩乃燒身而供養佛前
時忽降雨沛然不犯寂之燒信寂光漸明忽懸圓光以如月輪會衆見之
而攢感佛恩癒身病衆曰是焚之法力所致競擲私財賽錢多積以賽鍍
金寂之燒身拜之爲佛然後奉置于金佛閣時唐中宗十六年聖曆二年

三月朔日

만적은 법명이요, 속명은 기, 성은 조씨다. 금릉서 났지만 아버지가 어떤 이인지는 잘 모른다. 어머니 장씨는 사구(謝仇)라는 사람에게 개가를 했는데 사구에게 한 아들이 있어 이름을 신이라 했다. 나이는 기와 같은 또래로 모두가 여남은 살씩 되었었다. 하루는 어미(장씨)가 두 아이에게 밥을 주는데 가만히 독약을 신의 밥에 감추었다. 기가 우연히 이것을 엿보게 되었는데 혼자 생각하기를 이는 어머니가 나를 위하여 사씨 집의 재산을 탐냄으로써 전실 자식인 신을 없애려고 하는 짓이라 하였다. 기가 슬픈 맘을 참지 못하여 스스로 신의 밥을 제가 먹으려 할 때 어머니가 보고 크게 놀라 질색을 하며 그것을 뺏고 말하기를 이것은 너의 밥이 아니다. 어째서 신의 밥을 먹느냐 했다. 신과 기는 아무도 대답하지 않았다. 며칠 뒤 신이 자기 집을 떠나서 자취를 감춰 버렸다. 기가 말하기를 신이 이미 집을 나갔으니 내가 반드시 찾아 데리고 돌아오리라 하고 곧 몸을 감추어 중이 되고 이름을 만적이라 고쳤다. 처음은 금릉에 있는 법림원에 있다가 나중은 정원사 무풍암으로 옮겨서, 거기서 해각 선사에게 법을 배웠다. 만적이 스물네 살 되던 해 봄에, 나는 본래 도를 크게 깨칠 인재가 못 되니 내 몸을 이냥* 공양하여 부처님의 은혜에 보답함과 같지 못하다 하고 몸을 태워 부처님 앞에 바치는

*이냥: 이러한 모습 그대로.

68

데, 그때 마침 비가 쏟아졌으나 만적의 타는 몸을 적시지 못할 뿐 아니라, 점점 더 불빛이 환하더니 홀연히 보름달 같은 원광이 비치었다. 모인 사람들이 이것을 보고 크게 불은을 느끼고 모두가 제 몸의 병을 고치니 무리들이 말하기를 이는 만적의 법력 소치라 하고 다투어 사재를 던져 새전이 쌓였다. 새전으로써 만적의 탄 몸에 금을 입히고 절하여 부처님이라 하였다. 그 뒤 금불각에 모시니 때는 당나라 중종 16년 성력(연호) 2년 3월 초하루다.

내가 이 기록을 다 읽고 나서 청정실로 돌아가니 원혜 대사가 나를 불렀다.

"기록을 보고 나니 괴롬이 덜하냐?"

스님이 물었다.

"처음같이 무섭지는 않았습니다마는 그 괴롭고 슬픈 빛은 가셔지지 않았습니다."

내가 대답하자 스님은 고개를 끄덕이며,

"당연한 일이야, 기록이 너무 간략하고 섬소해서*······."

했다. 그것이 자기는 그보다 훨씬 많은 것을 알고 있는 듯한 말씨였다.

"그렇지만 1,200년도 넘는 옛날 일인데 기록 이외에 다른 일을 어떻게 알겠습니까?"

*섬소(纖疏)해서 : 빈약해서.

또 내가 물었다.

이에 대하여 원혜 대사는 전해 내려오는 이야기가 있는데 산(절)에서는 그것을 함부로 이야기하지 않는 것으로 알고 있으며, 그러니까 그만큼 금불각의 등신불에 대해서는 모두들 그 영검을 두려워하고 있는 셈이라고 정색을 하고 말했다.

원혜 대사가 나에게 들려준 이야기는 다음과 같다. 이것은 물론 1,200년간 등신금불에 대하여 절에서 내려오는 이야기를 원혜 대사가 정리해서 간단히 한 이야기이다.

……만적이 중이 되기까지의 이야기는 대개 기록과 같다. 그러나 그가 자기 몸을 불살라서 부처님께 공양을 올린 동기에 대해서는 전해 오는 다른 이야기가 몇 있다. 그것을 차례로 좇아 이야기하면 다음과 같다.

만적이 처음 금릉 법림원에서 중이 되었는데 그때 그를 거두어 준 스님에 취뢰(吹籟)라는 중이 있었다. 그 절의 공양을 맡아 있는 공양주(供養主) 스님이었다. 만적은 취뢰 스님의 상좌로 있으면서 불법을 배우기 시작했다. 그러니까 취뢰 스님이 그에 대한 일체를 돌보아 준 것이었다.

만적이 열여덟 살 때—그러니까 그가 법림원에 들어온 지 5년 뒤—취뢰 스님이 열반하시게 되자 만적은 스님(취뢰)의 은공을 갚기 위하여 자기 몸을 불전에 헌신할 결의를 했다.

70

만적이 그 뜻을 법사(법림원의) 운봉 선사(雲峰禪師)에게 아뢰자 운봉 선사는 만적의 그릇〔器〕됨을 보고 더 수도를 계속하도록 타이르며 사신(捨身)을 허락하지 않았다.

만적이 정원사의 무풍암에 해각 선사를 찾았다는 것도 운봉 선사의 알선에 의한 것이다. 그가 해각 선사 밑에서 지낸 5년간의 수도 생활이란 뼈를 깎고 살을 가는 정진이었으나 법력의 경지는 짐작할 길이 없다.

만적이 스물세 살 나던 해 겨울에 금릉 방면으로 나갔다가 전날의 사신(謝信)을 만났다. 열세 살 때 자기 어머니의 모해를 피하여 집을 나간 사신이었다. 그리고 자기는 이 사신을 찾아 역시 집을 나왔다가 그를 찾지 못하고 중이 된 채 어느덧 꼭 10년 만에 그를 다시 만난 것이다. 그러나 그때 다시 만난 사신을 보고는 비록 속세의 인연을 끊어 버린 만적으로서도 눈물을 금할 수 없었던 것이다. 착하고 어질던 사신이 어쩌면 하늘의 형벌을 받았단 말인고. 사신은 문둥병이 들어 있었던 것이다.

만적은 자기의 목에 걸었던 염주를 벗겨서 사신의 목에 걸어 주고 그길로 곧장 정원사에 돌아왔다.

그때부터 만적은 화식(火食)을 끊고 말을 잃었다. 이듬해 봄까지 그가 먹은 것은 하루에 깨 한 접시씩뿐이었다(그때까지의 목욕재계는 말할 것도 없다).

이듬해 2월 초하룻날 그는 법사 스님(운봉 선사)과 공양주 스님

두 분만을 모시고 취단식(就壇式)을 봉양했다. 먼저 법의를 벗고 알몸이 된 뒤에 가늘고 깨끗한 명주를 발끝에서 어깨까지(목 위만 남겨 놓고) 전신에 감았다. 그러고는 단 위에 올라가 가부좌를 개고 앉자 두 손을 모아 합장을 올렸다. 그리하여 그가 염불을 외기 시작하는 것과 동시에 곁에서 들기름 항아리를 받들고 서 있던 공양주 스님이 그의 어깨에서부터 기름을 들고 부었다.

기름을 다 붓고, 취단식이 끝나자 법사 스님과 공양주 스님은 합장을 올리고 그 곁을 떠났다.

기름에 결은 만적은 그때부터 한 달 동안(3월 초하루까지) 단 위에서 움직이지 않았다. 가부좌를 갠 채, 합장을 한 채, 숨 쉬는 화석이 되어 가고 있었다.

이레에 한 번씩 공양주 스님이 들기름 항아리를 안고 장막(帳幕 : 흰 천으로 장막을 치고 있었다) 안으로 들어오면 어깨에서부터 다시 기름을 부어 주고 돌아가는 일밖에 그 누구도 이 장막 안을 엿보지 못했다.

이렇게 한 달이 찬 뒤, 이날의 성스러운 불공에 참여하기 위하여 산중의 스님들은 물론이요, 원근 각처의 선남선녀들이 모여들어, 정원사 법당 앞 넓은 뜰을 메웠다.

대공양*은 오시* 초에 장막이 걷히면서부터 시작되었다. 오백

*대공양(大供養) : 소신공양을 가리킴.
*오시 : 오전 11시부터 오후 1시.

을 헤아리는 승려가 단을 향해 합장을 하고 선 가운데 공양주 스님이 불 담긴 향로를 받들고 단 앞으로 나아가 만적의 머리 위에 얹었다. 그와 동시에 그 앞에 합장하고 선 승려들의 입에서 일제히 아미타불이 불려지기 시작했다.

만적의 머리 위에 화관같이 씌워진 향로에서는 점점 더 많은 연기가 오르기 시작했다. 이미 오랜 동안의 정진으로 말미암아 거의 화석이 되어 가고 있는 만적의 육신이지만, 불기운이 그의 숨골(정수리)을 뚫었을 때는 저절로 몸이 움칫해졌다. 그리하여 그때부터 눈에 보이지 않게 그의 고개와 등가슴이 조금씩 앞으로 숙여져 갔다.

들기름에 결은 만적의 육신이 연기로 화하여 나가는 시간은 길었다. 그러나 그 앞에 선 오백의 대중(승려)은 아무도 쉬지 않고 아미타불을 불렀다.

신시(申時) 말(末)에 갑자기 비가 쏟아졌다. 그러나 웬일인지 단 위에는 비가 내리지 않았다. 만적의 머리 위로는 더 많은 연기가 오르기 시작했다.

염불을 올리던 중들과 그 뒤에서 구경하던 신도들이 신기한 일이라고 눈이 휘둥그레져서 만적을 바라보았을 때 그의 머리 뒤에는 보름달 같은 원광이 씌워져 있었다.

이때부터 새전이 쏟아지기 시작하여 그 뒤 3년간이나 그칠 날이 없었다.

이 새전으로 만적의 타다가 굳어진 몸에 금을 씌우고 금불각을 짓고 석대를 쌓았다…….

원혜 대사의 이야기를 듣고 있는 동안 나는 맘속으로 이렇게 해서 된 불상이라면 과연 지금의 저 금불각의 등신금불같이 될 수밖에 없으리란 생각이 들었다. 그리고 많은 부처님(불상) 가운데서 그렇게 인간의 고뇌와 슬픔을 아로새긴 부처님(등신불)이 한 분쯤 있는 것도 무방한 일일 듯했다.

그러나 이야기를 다 마치고 난 원혜 대사는 이제 다시 나에게 그런 것을 묻지는 않았다.

"자네 바른손 식지를 들어 보게."

했다.

이것은 지금까지 그가 이야기해 오던 금불각이나 등신불이나 만적의 소신 공양과는 아무런 상관도 없는 엉뚱한 이야기가 아닐 수 없다.

나는 달포 전에 남경 교외에서 진기수 씨에게 혈서를 바치느라고 내 입으로 살을 물어 뗸 나의 식지를 쳐들었다.

그러나 원혜 대사는 가만히 그것을 바라보고 있을 뿐 더 말이 없다. 왜 그 손가락을 들어 보이라고 했는지, 이 손가락과 만적의 소신공양과 무슨 관계가 있다는 겐지, 이제 그만 손을 내리어도 좋다는 겐지 뒷말이 없는 것이다.

"……."

"……."

태허루에서 정오를 알리는 큰 북소리가 목어(木魚)와 함께 으르렁거리며 들려온다.

황토기(黃土記)

솔개재[鳶介嶺]에서 금오산(金午山) 쪽으로 뻗쳐 내리는 두 산맥이다.

등성이를 벌거벗은 채 십 리, 시오 리씩을 하나는 서북, 또 하나는 동북으로 뛰어 내려와서는, 거기 황토골이란 조그만 골짝 하나를 낳은 것뿐으로, 그 앞을 흘러가는 냇물을 바라보며, 동네 늙은 이들의 입으로 전하는 상룡(傷龍), 또는 쌍룡(雙龍)의 전설을 이룬 그 지리적 결구(結構)는 여기서 끝을 맺는 것이다.

상룡설. 옛날 등천(騰天)하려던 황룡 한 쌍이 때마침 금오산에서 굴러 떨어지는 바위에 맞아 허리가 상하니라. 그 상한 용의 허리에서 한없이 피가 흘러내려 부근 일대를 붉게 물들이니 이에서 황토골이 생기니라.

쌍룡설. 역시 등천하려던 황룡 한 쌍이 바로 그 전야(前夜)에 있어 잠자리를 삼가지 않은지라, 상제께서 노하시고 벌을 내리사 그들의 여의주를 하늘에 묻으시매 여의주를 잃은 한 쌍의 용이 슬픔에 못 이겨 서로 저희들의 머리를 물어뜯어 피를 흘리니, 이 피에서 황토골이 생기니라.

이상의 상룡설 또는 쌍룡설 밖에 또 절맥설(絶脈說)도 있으니 그것은 다음과 같다.

절맥설. 옛날 당나라에서 나온 어느 장수가 여기 이르러 가로되, 앞으로 이 산에서 동국의 장사가 난다면 감히 중원을 범할 것이라, 이에 혈을 지르니, 이 산골에 석 달 열흘 동안 붉은 피가 흘러내리고 이로 말미암아 이 일대가 황토 지대로 변하니라.

1

용내〔龍川〕를 건너 황토골 앞들에는 두렛논*을 매는 한 20여 명 되는 사람이 한일자로 하얗게 구부려 있고, 논둑에는 동기(洞旗)를 든 사람과 풍물 치는 사람이 네댓 나서 있다.

해는 바야흐로 하늘 한가운데서 이글거리고, 온 들과 산은 눈 가는 끝까지 푸르기만 하다.

께겡 께겡 떵땅 괘애 ─.

풍물이라야 꽹과리 하나, 장구 하나, 그리고 징 한 채다. 그런대

* 두렛논 : 여러 사람이 두레를 짜서 함께 농사를 짓는 논.

로 그들은 논매는 일꾼들과 더불어 끈기 있게 논둑에서 논둑으로 타고 다니며 들판의 정적을 깨뜨려 가고 있다.

그런데 그들 두레꾼들과 동떨어져 이쪽 산기슭 쪽에서 혼자 논을 매느라고 논 가운데 허리를 구부리고 있는 사람이 하나 있다. 곁에서 이를 본다면, 그의 팔다리나 허리가 보통 사람보다 훨씬 크고 길 뿐 아니라, 어깨나 몸집이 다 그렇게 두드러지게 장대하게 생겼고, 또한 머리털이 이미 희끗희끗 세어 있음을 알리라. 그의 이름은 억쇠다.

그의 몸이 그렇게 보통 사람보다 두드러지게 큰 것처럼 일도 동떨어진 곳에서 혼자 하고 있는 것이다.

억쇠는 논매던 손을 쉬고 논둑으로 나온다. 그는 두어 번이나 고개를 돌려 산밑 쪽을 바라본다. 아직도 분이(粉伊)는 보이지 않는다. 그는 담배를 한 대 피워 문다.

논둑에 서 있는 소동 나무에서는 매미 소리가 시끄럽게 들려온다.

억쇠가 담배를 두 대나 태우고 나서 화가 치밀어 숫제* 주막으로 찾아갈 양으로 막 허리를 일으키려는데, 그제야 저쪽 소나무 사이로 조그만 술동이를 머리에 이고 오는 분이가 보이었다.

"멀 하고, 인제사 와."

가까이 온 분이를 보자 억쇠는 약간 노기 띤 목소리로 물었다.

*숫제: 아예.

"멀 하긴, 멀 해."

분이는 머리에서 술동이를 내리며 마주 배앝는다. 입에서는 술 냄새가 확 끼치고 양쪽 눈언저리와 귓바퀴가 물을 들인 듯이 발긋발긋하다.

─또 술을 처먹은 게로군.

억쇠는 혼자 속으로 중얼거리는 것이다.

"자아, 옛수."

억쇠에게 술 사발을 건네는 분이의 입가에는 어느덧 그 야릇한 웃음이 떠돌기 시작한다.

억쇠는 분이의 손에서 사발과 술동이를 나꾸듯이 뺏어 든다. 동이 속에서 술이 출렁하며 밖으로 튀어나온다.

사발과 동이를 빼앗기듯이 된 분이는 화통이 치미는지,

"흥, 이년을 어디 두고 보자."

하며 이를 오도독 갈아 붙인다. 설희(薛姬)를 두고 하는 욕질이지만 당치 않은 수작이다.

억쇠는 아랑곳없다는 듯이 술을 따라 마시고 있다. 그동안 잔뜩 독이 오른 눈으로 억쇠를 노려보고 있던 분이는,

"연놈을 한 칼에 푸욱……."

하고 또 한 번 이를 오도독 간다.

"이년아, 말버릇이 그게 뭐여."

억쇠가 꾸짖자, 분이는,

"어디 임자 보고 말했나. 득보 말이지."

한다.

더욱 모를 소리다.

"득보면 너의 아저씬가 무엇이 된대면서 그건 무슨 소리여."

이에 대하여 분이는,

"흥, 아저씨? 아저씸 어쨌단 말이오?"

하고 콧방귀를 뀌더니 풀 위에 발랑 드러누워 버린다. 걷어 올린 베 치맛자락 밑으로 새하얀 다리를 드러내 보이며 그녀는 어느덧 코를 골기 시작하였다.

소동 나무에서는 또 한바탕 매미가 운다.

억쇠는 세 번째 술을 따라 든 채, 멍하니 소동 나무를 바라보고 있다. 아까 분이가 '연놈을 한 칼에 푸욱……' 하던 것이 아무래도 머릿속에서 사라지지 않는다. 누구를 두고 하는 강짜*란 말이냐, 억쇠는 어이가 없었다.

억쇠가 술동이를 밀쳐놓고 담배에 불을 붙여 물었을 때다. 득보가 나타났다. 한쪽 손에 멧돼지 한 마리를 거꾸로 대룽거리며 그쪽 산비탈에서 내려오고 있었던 것이다.

"그새 산에 갔던갑네."

억쇠가 인사 삼아 묻는 말에 득보는,

"빈속으로 갔더니……."

*강짜 : 아무런 근거나 조건 없이 무리하게 강다짐을 함.

하며, 멧돼지를 억쇠 곁에다 던지고, 누워 자고 있는 분이 앞에
와서 털썩 앉아 버린다.

그도 보통 사람과는 딴판으로 몸집이 크게 생긴 사나이다. 키는
억쇠보다 좀 낮은 편이나 어깨는 더 넓게 쩍 벌어졌다. 게다가 얼
굴은 구릿빛같이 검푸르다. 그 검푸른 구릿빛이 어딘지 그대로 무
서운 비력을 말하고 있는 것 같다. 그리고 머리털도 칠흑같이 새
까맣다. 나이도 억쇠보다는 예닐곱 살 젊어 보인다.

"한 사발 하겠나?"

억쇠가 턱으로 술동이를 가리키며 묻는다.

득보는 잠자코 술동이를 잡아당긴다. 그리하여 손수 한 사발을
따라 마시고 나더니,

"좋구나."

한다.

그는 연거푸 또 한 사발을 따라 마시고 나더니,

"얼마나 있누."

하고 억쇠를 노려본다.

"아직 많이 있다."

"그럼 낼 모두 걸러라."

득보는 이렇게 말하며 의미 있는 듯한 눈으로 억쇠를 노려본다.
순간 두 사나이의 눈에서는 다 같이 불길이 번쩍한다. 그것은 땅
속의 유황이라도 녹일 듯한 무서운 불길이었다.

2

이튿날은 여름하고도 유달리 더운 날씨였다.

하늘에는 가지각색 붉은 구름들이 연기를 머금은 불꽃으로 피어나고 있었다.

안냇벌은 황토골에서 잔등 하나 너머 있는 아늑한 산골짜기요, 또 개울가이었으므로 거기엔 흰 모래밭과 푸른 잔디와 게다가 그늘진 노송까지 늘어서 있어 억쇠와 득보 들같이 온종일 먹고 놀고 싸우고 할 자리로서는 더할 나위 없이 알맞은 곳이었다.

두 사람은 짤막한 잠방이* 하나만 걸치고는 벌거벗은 채 소나무 그늘 밑에서 술을 마시고 있다. 처음엔 돼지 족도 한 가리씩 의논성스럽게 째어 들었고, 술잔도 서로 권해 가며 주거니 받거니 의좋게 건너다녔다.

한 철에 한두 번씩 이 안냇벌에서 대개 이렇게 술을 마시게 되었지만, 이 두 사람에게 있어서는 이때같이 가슴이 환히 트이도록 즐겁고 만족할 때가 없다. 그것은 아무것과도 바꿀 수 없는 기쁨이요, 보람이요, 그리고 거룩한 향연이기도 하였다. 이에 견준다면 분이나 설희의 자색*도 한갓 이 놀이를 돋구고 마련키 위한 덤에 지나지 않을 듯했다.

두 사람은 술이 얼근해짐을 따라 말씨도 점점 거칠어져 갔다.

* 잠방이 : 가랑이가 무릎까지 내려오도록 짧게 만든 홑바지.
* 자색 : 여자의 고운 얼굴이나 모습.

"얼른 들어 마셔라, 이 백정놈아."

"도둑놈같이, 어느새 고기만 처먹누."

이렇게 그들은 서로 욕질을 시작하였다. 그러면서도 연방 술은 서로 따라 주고 고기 뭉치도 던져 주곤 하였다.

"옛다, 이거 마저 뜯고 제발 인제 뒈지거라. 늙은 놈이 계집을 둘씩이나 끼고 거드렁거리는 꼴 정 못 보겠다."

하며 득보가 족발 하나를 억쇠에게 던져 준다.

"네 이놈, 말버르장머리 그러다간 목숨 못 붙어 있을 게다."

억쇠는 득보 잔에 술을 따라 주며 이렇게 으르댄다.

싸움은 대개 득보가 먼저 돋우는 편이었다. 그것도 으레 분이나 설희를 걸어서 들었다(득보는 그것이 가장 효과적이라고 믿었던 것이다).

"계집 핥듯이 어지간히 칙칙하게도 핥고 있다. 더럽게, 늙은 놈이."

하고 득보가 먼저 술자리를 걷어차고 일어나자, 억쇠는 뜯고 있던 족발을 득보의 얼굴에다 내던지며,

"옛다, 그럼 이놈아, 네 마저 뜯어라."

하고 자리에서 일어난다.

이때부터 싸움은 시작되는 것이다. 그와 동시에 두 사람의 얼굴에는 무어라고 형언할 수 없는 어떤 긴장이 서린다.

득보는 주먹을 꺼떡 들어 억쇠의 얼굴을 겨누며,

"얼씨구절씨구 가엾어라, 이 늙은 놈아, 내 한 주먹 번쩍하면……."

아주 노래조로 목청을 뽑으며, 껑충껑충 억쇠에게로 뛰어 들어왔다 물러갔다 하는 것이다.

"네 이놈, 새 뼈 같은 주먹으로 멋대로 한번 때려 봐라."

억쇠는 그를 아주 멸시하듯이 태연자약하게 버티고 서 있다.

"내 한 주먹 번득하면…… 네놈 대가리가 박살이라……."

순간, 득보는 주먹으로 억쇠의 왼쪽 눈과 콧잔등을 훑쳤다*. 그 자리에 금세 퍼렁덩이가 들며 눈알에는 핏물이 돌기 시작하였다.

"네 이놈, 새 뼈 같은 주먹으로 많이 쳐라…… 실컷…… 자아."

할 때 득보의 두 번째 주먹이 또 억쇠의 오른쪽 광대뼈를 쥐어질렀다.

세 번째 주먹이 또 먼저 때린 눈을 훑쳤다.

억쇠는 저만큼 물러가 있는 득보를 바라보고 갑자기 미친 사람처럼 허연 이를 드러내며 큰 소리로 껄껄껄 웃어 대었다.

득보는 저만큼 물러선 채 아까와 마찬가지 노래조로 목청을 뽑으며 덩실덩실 춤을 추고 있다. 네 번째 주먹이 오른쪽 눈 위를, 그리고 다섯 번째 주먹이 또다시 콧잔등을 때렸을 때, 그러나 억쇠는 먼저와 같이 큰 소리로 껄껄껄 웃어만 주었다.

"너 이놈, 그 새 뼈 같은 주먹으로 저 산을 한번 물려 세워 봐라."

* 훑쳤다: 세게 후려치다.

여섯 번, 일곱 번 득보는 몇 번이든지 늘 마찬가지 내 한 주먹 번 득하면을 되풀이하며 뛰어들어서 억쇠의 면상과 목과 가슴과 허리를 힘껏 지르는 것이었으나, 그때마다 억쇠는 간단한 몸짓으로 그것을 받아 내었을 뿐, 적극적으로 득보에게 주먹질을 시작하지는 않았다. 그는 이렇게 득보에게 같이 주먹질하지 않고 그냥 얻어맞기만 하는 것이 그지없이 즐겁고 만족한 모양으로 상반신이 거진 피투성이가 되도록 종시 큰 소리로 껄껄껄 홍소*만을 터뜨리고 서 있는 것이었다.

득보는 더욱 힘이 솟아오르는 듯 주먹질과 함께 곁들이는 발길이 번번이 억쇠의 아랫배와 넓적다리쯤에 와 닿는 것으로 보아 그 겨냥이 무엇이라는 것은 억쇠도 곧 짐작하였다. 그래서 그의 발길만은 그대로 조심하지 않을 수 없었다.

옛날도 그 옛날에 붕새란 새가 있었나니,
수격 삼천리 니일니일 얼씨구야 지화자자 저 절씨구

득보는 입에 하나 가득 찬 피거품을 문 채 이렇게 목청을 뽑으며 덩실거리고 춤을 추는 것이었다.

억쇠는 피로 물든 장승처럼 뻣뻣이 서서, 뛰어 들어오는 득보의 주먹질과 발길을 받아 낼 뿐이었다.

*홍소: 입을 크게 벌리고 웃거나 떠들썩하게 웃음.

득보의 네 번째 발길이 억쇠의 국부를 건드렸을 때, 한순간 그 자리에 퍽 꿇어질 뻔하다가 겨우 한쪽 팔로 득보의 목을 후려 안으며 어깨를 솟굴 수 있었다.

"이놈아!"

산골이 쩌르렁 울리는 억쇠의 목소리였다.

이리하여 한 덩어리로 어우러진 그들의 입에서는 어느덧 노래도 웃음소리도 동시에 뚝 끊어지고 다만 씨근거리는 숨소리가 뿌득뿌득 밀려 나갔다 들어왔다 하며 근육과 근육 부딪는 소리만이 났다. 두 사람의 코에서는 거의 동시에 피가 주르르 쏟아져 내렸다. 눈에도 핏물이 돌고 목으로도 피가 터져 나왔다. 그 차에 땀으로 번질번질하던 두 사람의 낯과 어깨와 가슴은 어느덧 아주 피투성이로 변해 버렸다. 득보가 억쇠의 아래턱을 치지르며 막 몸을 옆으로 빼려는 순간이었다. 억쇠의 힘을 다한 바른편 주먹이 득보의 왼쪽 갈비뼈 밑에 벼락을 쳤다. 갈비뼈 밑에 억쇠의 모진 주먹을 맞은 득보는 갑자기 얼굴이 아주 잿빛이 되어 뒤로 비실비실 몇 걸음 물러 나가다 그대로 모래 위에 꼬부라져 버린다.

억쇠의 목과 입과 코에서도 다시 피가 쏟아졌다. 그는 정신 나간 사람처럼 두 손으로 아래턱을 받쳐 피를 받으며 우두커니 앉아 있다 말고 돌연히 미친 것처럼 뛰어 일어나는 길로 또 한 번 와락 득보에게로 달려들어 쓰러져 있는 그의 바른편 어깨를 물어 떼었다. 어깨의 살이 떨어지며 시뻘건 피가 팔꿈치까지 주르르 흘러내리자 득보는 몸을 좀 꿈적이었으나 역시 일어나지 못한 채 그대로 뻗어 누워 있는 것이었다.

억쇠는 입에 든 득보의 어깨 살을 질겅질겅 씹다 벌건 핏덩어리를 입에서 뱉어 내고, 그러고는 다시 술 항아리를 기울여 술을 몇 사발 마시고는 쓰러져 버렸다.

누구의 입에서 항복이 나온 것도 아니요, 어느 쪽에서 쉬기를 청한 것도 아니었다.

두 사람이 다 같이 죽은 듯이 늘어지고 잠든 듯이 자빠졌으나, 아주 숨통이 멎은 것도 아니요, 정말 평온한 잠이 든 것도 아니다.

흐르는 냇물에서 저녁 바람이 일고 높은 소나무 가지에서 매미 소리가 서슬 질 무렵이 되면, 그들은 마치 오랜 마주*에서 깨어나는 것처럼 떨고 일어나 아침에 먹다 남겨 둔 술 항아리를 기울이기 시작하는 것이다.

저녁때의 싸움은 대개 억쇠가 먼저 거는 편이었다. 이번에는 처음부터 억쇠가 먼저 주먹질도 시작하였다.

두 사람의 몸뚱이는, 그러나 몇 번 모질게 부딪고 할 새도 없이 이내 피투성이가 되어 버리는 것이었다. 득보는 되도록이면 억쇠의 주먹을 피하려는 듯이 저만큼 선 채 춤만 덩실덩실 추고 있는 것이었다.

*마주(魔酒) : 정신을 흐리게 하는 술.

88

새야 새야 붕조새야

북명 바다 불조새야

치징 치징 치징

지하자자 저절씨구

"얘 이놈 득보야!"

억쇠는 또 한 번 산골이 쩌르렁하도록 소리를 질렀다.

간다 훨훨 날아간다

수격 삼천리……

내 한 주먹 번득하면 네놈 대가리가 박살이라,

치징 치징 치징

지하자자 저절씨구

득보는 이렇게 목청을 뽑으며 점점 억쇠에게로 가까이 다가 들어왔다. 웬일인지 싸울 태세를 갖추지 않고 그냥 춤만 덩실덩실 추며 억쇠의 턱 앞까지 다가 들어왔다. 억쇠는 뛰어들어 그의 목을 안았다. 득보도 억쇠와 같이하였다. 두 사람은 큰 나무가 넘어가듯 쿵 하고 한꺼번에 자빠져 버렸다.

득보의 목을 안고 한참 동안 엎치락뒤치락하던 억쇠는 갑자기 큰소리로 껄껄껄 웃어 대었다.

그의 왼쪽 귀가 붙어 있을 자리엔 찢긴 살과 피가 있을 따름, 귀는 절반이나 득보의 입에 가 들어 있고, 득보는 아끼는 듯 그것을 얼른 뱉어 내려고도 하지 않았다.

이리하여 해가 지고 어두운 산그늘이 내려오도록 이 커다란 피투성이들은 일어날 생각도 없이 연방 서로 피를 뿜으며 엎치락뒤치락하고 있는 것이다.

3

억쇠와 득보는 지난해 봄에 처음으로 만났다. 그리하여 그날로 함께 살게 된 것이다. 말하자면 그날부터 그들의 생활이 시작되었던 건지도 모른다.

물론 그 이전부터 그들은 살아 있었다. 그러나…….

먼저, 주인 격인 억쇠로 말하자면, 그는 이 황토골 태생으로, 나이는 쉰두 살, 수염과 머리털이 희끗희끗 반이나 넘게 센 오늘날까지 항상 가슴속에 홀로 타는 불길을 감춰 온 사람이다.

그것은 언젠가 한번 저 무지개와도 같이 하늘 끝까지 시원스레 뿜어졌어야 했을 불길이었는지도 모른다. 그가, 그 동네 장정들도 겨우 다룬다는 들돌을 성큼 들어서 허리를 편 것으로 온 마을을 뒤집어 놓은 것은 그의 나이 열세 살 나던 해다.

"장사 났군."

"황토골 장사 났다!"

사람들은 숙덕거리기 시작하여, 이튿날은 노인들이 의관*을 하고 동회(洞會)에 모여들었다.

"예로부터 황토골에 장사가 나면 부모한테 불효하거나 나라의 역적이 된뒀것다."

"허긴, 인제는 대국 명장이 혈을 지른 뒤니까 별수는 없으리다."

"당찮으이. 온 바로 내 종조뻘 되는 이가 그때 장사 소릴 듣고 사또 앞에 잡혀가 오른쪽 팔 하나를 분질려 나왔거든."

이따위 소리들을 서로 주고받고 하다가 결국 억쇠의 오른쪽 어깨의 힘줄에다 침을 맞히라는 결론이 났다. 그중에서도 유독 심히 구는 사람이 억쇠의 백부뻘 되는 영감이었다.

"황토골 장사라면 나라에서 아는 거다. 자, 자식 하나 버릴 셈치면 그만일걸……. 자, 괜히 온 집안 멸문당할라."

하고 동생을 윽박질렀으나, 그러나 동생은 끝까지 묵묵히 앉아 대답을 하지 않았다. 그에게는 억쇠 하나밖에 더 자식이 없었던 것이다.

그날 밤 그의 어머니는 억쇠의 소매를 잡고,

"이것아, 어쩌다 그런 철없는 짓을 했노. 너이 아바이 속을 너는 모를라."

하며 울었다.

*의관: 남자의 웃옷과 갓이라는 뜻으로, 남자가 정식으로 갖추어 입는 옷차림.

이튿날 아침 그 아버지는 억쇠를 불러,

"늬 나이 열세 살이다. 몸 하나라도 성히 지닐라거든 철없이 아무 데나 나서지 마라. 네 일신 조지고 온 집안 문 닫게 할라. 모도가 늬 맘먹을 탓이다."

하였다.

억쇠는 아버지의 이 말을 가슴에 새겨들었다. 그리하여 씨름판이고, 줄목*이고, 들돌을 다루는 데고, 짐 내기를 하는 마당에고, 일절 사람이 많이 모인 곳이나 무슨 힘겨룸 따위를 하는 데는 나서지 않았다.

그의 나이 스무 살 남짓 했을 때는 과연 솟는 힘을 제 스스로 감당할 수 없었다. 어떤 날 밤에는 혼자서 바위를 안고 산꼭대기로 올라갔다 골짜기로 내려왔다 하는 동안, 어느덧 밤이 새어 버리는 수도 있었다. 상투가 풀려 머리칼이 헝클어지고 두 눈엔 벌겋게 핏발이 서고 하여 흡사 미친 사람 같았다. 밤사이는 또 이렇게 바위와 씨름이라도 할 수 있지만, 낮이 되면 무엇이든지 눈에 뵈는 대로 때려 부수고 싶고 메어치고 싶고, 온갖 몸부림과 발광이 치밀어 올라 잠시도 견딜 수가 없었다. 힘 자랑이 하고 싶어서가 아니라, 힘을 써 보고 싶다는 욕망이었다.

억쇠의 이런 소문이 또 한 번 황토골에 퍼지자, 그의 백부는 그의 아버지를 보고,

* 줄목 : 줄다리기에서 양편의 맨 앞부분.

"인제는 그놈이 무슨 일을 낼 끼다. 자아, 그때 내 말대로 단속을 했더라면 이런 후환은 없었을걸. 자아, 인제 그놈을 누가 감당할꼬. 자아, 그러면 늬 자식 늬가 혼자 맡아라. 나는 이 황토골에 못 살겠다."

이러고는 재를 넘어 이사를 가 버렸다.

억쇠는 이 말을 듣고 깊은 산속으로 들어가 목을 놓고 울었다. 집에 돌아와, 낫을 갈아서 아버지 모르게 오른쪽 어깨를 끊고 피를 흘렸다.

이것을 안 그의 어머니는,

"어리석게 인제 와서 그게 무슨 짓이람. 힘세다고 다 부량할까, 제 맘먹기에 달렸는걸……. 괜히 너의 어른 알면 시끄러울라."

하고, 되려 못마땅히 말했다.

그의 할아버지가 세상을 떠날 때 그에게 남긴 유언도 다만 힘을 삼가라는 것뿐이었고, 그의 아버지가 임종에 이르러 그에게 신신당부를 한 것도 역시 이것이었다.

"늬가 어릴 때 누구에게 사주를 보였더니 너의 팔자에는 살이 세다고, 젊어서 혈기를 삼가지 않으면 큰 화를 당할 게라더라……. 그렇지만 사람에게는 힘이 보배니 너만 알아 조처할 양이며는 뒤에 한번 크게 쓸 날이 있을 게다. 조용히 그때가 오기만 기다려라."

아버지가 숨을 거둘 때 남긴 이 말이 억쇠에게 있어서는 그 무슨 하늘의 계시와도 같이 들렸던 것이었다.

—한번 크게 쓸 날이 있을 게다.

—때가 오기만 기다려라.

그는 잠시도 이 말이 그의 머릿속에서 사라질 때가 없었다.

그 미칠 듯이 솟아오르는 힘의 충동을 누르고 누르며 그 한번 크게 쓰일 날을 기다려, 오늘인가 내일인가 하는 사이, 그러나 그 기다리는 날이 오기도 전에 어느덧 그의 머리털과 수염만이 희끗희끗 반 넘어 세어지고 말았던 것이다.

그가 주막으로 나가 색시와 더불어 술잔을 기울이고 하기 시작한 것도 이 무렵부터의 일이었다.

하루는 삼거리 주막에서 분이라 하는, 예쁘장스러워 뵈는, 젊은 색주가와 더불어 술을 먹고 있는데, 계집이 잠깐 밖에서 손님이 저를 찾는다면서 곧 다녀 들어온다 하고 나간 것이, 종시 들어오질 않은 채, 때마침 밖에서는 무슨 싸움 소리 같은 것이 왁자지껄하기에 문을 열어 보았더니 어떤 낯선 나그네 한 사람이 주인의 멱살을 잡아 이리 나꾸고 저리 채고 하는 중이 아닌가.

그새 뒤란에서 노름을 하고 있던 패들이 우우 몰려나와 이 말 저 말 주고받고 하던 끝에 시비를 가로맡나* 본데, 그것은, 주인의 말이,

"아, 생전 낯선 나그네가 와서 남의 주모더러 이 여자는 내 딸이다, 이리 내어 달라 하니, 온 세상에 이런 경위*가 어디 있나."

*가로맡나 : 남의 할 일을 가로채서 맡거나 대신해서 맡나.

하매, 필시 나그네가 분이의 상판대기에 갑자기 탐을 낸 모양이라고, 허나, 분이는 자기들도 누구나 다 끔찍이 좋아하는 터이요, 더구나, 생전 낯선 작자가 돈 한 푼 어떻다는 말 없이 가로 집어 채려 하니, 이 부량하고 경위 없는 작자를 그냥 둘 수가 없다 하여 노름패 중에서 한 사람이 먼저 따귀 한 찰을 올려붙였더니, 낯선 사내는 펄쩍 뛰듯이 일어나 그 노름꾼의 멱살을 덥석 잡아 땅에 메꽂아 놓았다. 이것을 본 한 마당 사람들은 다 겁을 집어먹었으나, 원체가 이쪽엔 수효가 많고, 또 노름꾼 중에는 힘센 놈도 있고 한독한* 자도 있자니까, 그렇다고 이대로 물러설 리도 없었다. 이놈이 대들고 저놈이 거들고 하나, 낯선 사내는 좀처럼 꿀려 들어갈 듯도 하지 않은 채 하나 둘 자빠져 눕는 것은 모두 이쪽 편이다. 머리가 터진 놈, 아랫배를 차인 놈, 허구리*를 쥐어 박힌 놈, 따귀를 맞은 놈, 부상자들이 마당에 허옇게 나가 누웠다.

억쇠도 술이 얼근했던 터이라, 이 꼴을 그냥 볼 수 없다 하여, 방에서 일어나 밖으로 나오며,

"아니, 웬 놈이 저렇게 부량한 놈이 있누?"

한 번, 집이 쩌르렁 울리도록 큰소리로 호령을 쳤다.

낯선 사내는 이쪽으로 고개를 돌려 억쇠를 한 번 흘겨보더니,

* 경위 : 사리의 옳고 그름에 대한 분별.
* 한독한 : 성질이 아주 사납고 표독스러운.
* 허구리 : 허리 좌우의 갈비뼈 아래 쪽 들어간 부분.

"흥, 너도 이놈······."

하는, 말도 채 맺지 않고, 별안간 뛰어들며 머리로 미간을 받으매, 억쇠도 한순간 정신이 다 아찔하였으나 그다음 순간엔 그도 바른손으로 놈의 멱살을 잡아 줄 수 있었다. 보매 기골도 범상히는 생긴 놈이 아니로되, 그래도 처음 억쇠는 그놈이 그저 힘깨나 쓰는 데다 싸움에 익은 놈이려니쯤으로밖에 더 생각하지 않았는데, 한번 힘을 겨뤄 보자 그냥 이만저만 센 놈이나 부량한 놈만은 아니라는 것을 깨닫게 되었다. 순간, 억쇠는 문득 자기의 몸이 공중으로 스르르 떠오르는 듯한 즐거움이 가슴에 솟아오름을 깨달으며 저도 모르게 멱살 잡았던 손을 슬그머니 놓아 버렸다.

4

이 낯선 사내─그의 이름이 득보였다─가 억쇠를 따라서 황토골로 들어와, 억쇠와 징검다리 하나를 사이하고 살게 된 것은 바로 그날부터의 일이었다. 냇가 길을 향해 앉아 있던 오두막 한 채를 억쇠가 그를 위하여 마련해 주었던 것이다.

한 사날 뒤에 득보는,

"털이 그렇게 반이나 센 놈이 여태 자식 새끼 하나도 없다니 가련하다. 헌데 나는 네놈한테 아무것도 줄 게 없구나. 그래서 분이를 데리고 왔다. 네 새끼 삼아 네가 데리고 살아라."

하였다.

"너는 이놈아……?"

하고 물으니까 득보는,

"늙은 놈이 남의 걱정까지 하게 됐느냐. 고맙다 하고 술이나 한턱 걸직하게 낼 일이지. 하기야 그렇지 않기로서니 아물함* 이 득보가 조카딸년 데리고 살겠냐마는…….."

하며 입맛을 다시었다.

득보의 조카딸이란 말에, 억쇠는 그렇다면 생판 남은 아닌 모양이라고 좀 더 마음을 놓으며,

"너도 이놈아, 같이 늙어 가는 놈이 웬걸 주둥아리만 그렇게 사나우냐. 더구나 내가 늙었음 네놈 같은 거 하나쯤 처분하지 못할 성 부르냐."

"늙은것이 잔소린 중얼중얼 잘 줏어 섬긴다."

두 사내가 이런 말을 건네고 있는 동안 분이는 억쇠네 술 항아리에서 술을 퍼내다 거르고 있었다. 이것이 분이와 억쇠의 혼사요, 또 그녀에게 있어서는 시집살이의 시작이기도 하였다. 술이 얼근했을 때, 억쇠가 또 득보를 보며,

"너는 이놈아 혼자 살래."

하고 물어보았더니 득보는 곧,

"세상에 계집이 없어?"

하고 자신 있게 말했다.

*아물함 : '아무럼'의 방언.

"네놈 그 험상궂은 상판대기 하며 웬걸 계집들이 그렇게 줄줄 따르겠나."

"흥, 이놈아 너무 따라서 걱정이다. 그러기 땜에 분이도 네놈의 차지가 되는 거다. 저년은 강짜를 너무 놀기 땜에 나한테는 어울리지 않거든, 너 같은 농사꾼한테나 제격이지."

이러한 득보의 대답을 억쇠는 어떻게 들어야 할지 몰랐다. 아까는 자기가 그에게 집을 마련해 준 사례로, 그리고 또 이왕 제 조카딸을 데리고 살 수는 없으니까 데리고 왔노라고 해 놓고, 지금 와서는 강짜가 심해서 어차피 저에게는 어울리지 않기 때문이라는 것이다.

처음 주막에서 득보는 분이를 자기의 딸이라 했고, 그다음엔 조카딸이라 하더니, 지금 와서는 제가 데리고 살자니까 너무 강짜가 심해서 억쇠에게 양보를 한다는 것이다. 아무렇거나 억쇠는 어차피 후처를 얻어야 할 형편이요, 또 분이와는 본래 그녀가 주모로 있을 적부터 이미 색념이 있던 터이라 구태여 마다할 까닭도 없었다.

그러나 득보가 분이를 두고 딸이니 조카니 하는 것처럼, 득보에 대한 분이의 태도도 또한 야릇한 것이 있어, 어떤 때는 아저씨랬다 어떤 때는 그이랬다, 심하면 아주 득보라고도 불렀다. 그러다가 어느 날 밤엔,

"아무것도 아니오. 외가는 외가뻘이라 하지만 그이와는 직접

걸리지 않고, 내 외삼촌의 배다른 형제라요."

했다. 어느 날은 술이 또 취해서,

"왜 내가 아일 못 낳아? 저 건너 득보한테 가 물어보지, 분이가 열여섯에 낳은 옥동자를 어쨌는가고. 사내 글러 못 낳지 내 배 탓인 줄 알어?"

라고도 하였다.

이와 같이 걸핏하면 곧잘 득보의 이름을 걸치고 드는 분이가 억쇠에게는 여간 못마땅하지 않았지만 처음부터, 숫색시인 줄 알고 장가든 것이 아닌 바에야 못 들은 체해 둘밖에 없다고 생각하였다. 거기서 그 두 사람이 이리저리 걸치는 말들을 종합해서 그들의 과거란 것을 대강 추려 보면, 득보는 본래 이 황토골에서 한 80리가량 떨어져 있는 어느 동해변에서 그의 이복형제들과 더불어 대장간 일을 하고 있었는데, 한번은 그 형제들과 싸움을 하다 괭이로 머리를 때려서 그 형제 하나를 죽이고 그길로 서울까지 달아나 거기서 누구 집 하인 노릇을 하던 중, 이번에는 또 그곳 어느 대가의 부인과 관계를 맺었던 모양이다. 그랬다가 그것이 세상에 드러나게 되자 거기서 도망질을 쳐서 도로 고향 근처로 내려와 다시 옛날과 같은 대장간 일이나 보고 있으려니까 이번에는 다시 그가 옛날 형제를 죽인 사람이란 소문이 퍼져, 더 머물러 살 수 없게 되니, 하는 수 없이 또 나그네 길을 떠날 수밖에 없었던 듯하다.

분이는 득보가, 두 번째 그의 고향 근처로 내려와 살려다 못 살고 다시 나그네 길을 떠나게 된 데 대해, 그것은 그녀 자신이 그의 '옥동자'를 낳게 되었기 때문인 듯이 말하지만, 그것이 어느 정도 확실한 이야기인지는 모를 일이다. 분이의 그 야릇한 말투와 행동으로 보아서, 그 관계란 것을 가령, 분이가 아직 열여섯 살밖에 되지 않은 어린 계집애의 몸으로 자기의 외삼촌뻘이 되는—외삼촌의 이복형제라니까—득보의 아이를 낳게 된 것이라 하더라도, 득보와 같은 그러한 위인이 그만한 윤리적 탈선이나 과실로 인하여, 일껏* 벌였던 일터를 동댕이치고 다시 나그네 길을 떠나게 되었으리라고는 믿어지지 않는다. 그러고 보면 거기엔 위의 두 가지 이유가 다 걸려 있었는지도 모를 일이다.

분이가 걸핏하면 득보의 이야기를 끌어내는 것은 그녀의 마음이 거기 있는 까닭이요, 마음이 있는 곳에 몸도 대개 가 있어, 한 달 잡고 스무 날 밤은 억쇠가 홀아비로 자야 하였다. 낮에 가서 술잔이나 팔아 주고 돼지 다리나 삶아 주고 하는 것쯤은 분이의 과거가 그러한 만큼 혹 예사라 치더라도 잠자리까지 그러한 데는, 제 말대로 비록 제 외삼촌의 이복형제뻘쯤 된다 할지라도 바로 징검다리 이쪽에 제 서방의 집을 두고 있는 처지에서는 해괴하기 짝이 없는 노릇이었다.

억쇠가 득보더러,

"너 이놈, 분이는 왜 밤낮 네 집에 붙여 두는 거여."

* 일껏 : 모처럼, 애써서.

하고 꾸짖으면,

"늙은 놈이 계집 투정은 어지간히 한다."

하며 득보는 가래침을 탁 뱉곤 했다.

"어디 보자, 네놈 주둥아리가 곧장 성한가."

"벼르지만 말고 낼이라도 당장 끝장을 내렴. 끝장을 못 내면 그 대신 계집은 내게 넘기고……."

"흥……."

하고 억쇠는 코웃음을 쳤다. 네놈 하나쯤은 가소롭다는 뜻이다. 이럴 때 만약 어느 쪽에서든지 술과 안주만 준비되어 있다면 이튿 날로 곧 싸움이 벌어진다. 그들과 같이 가끔 싸움을 가져야 하는 사이에 있어 분이의 그러한 생활 태도는 그것을 돋우는 데 도움이 되었다. 하기는 득보가 처음부터 조카딸이라는 구실로 그녀를 억 쇠에게 갖다 맡긴 것도 미리 다 이러한 효과를 노렸던 것인지 몰 랐다.

분이는 분이대로 두 사나이가 자기를 두고 무슨 수작을 하든지 그런 것은 아랑곳도 없다는 듯이 밤이나 낮이나 부지런히 징검다 리를 건너다녔다.

억쇠가 볼 때, 더욱 해괴한 노릇은, 분이가 득보를 두고 강짜를 노는 일이었다. 득보는 언젠가도 천하에 흔한 게 계집이라는 큰소 리를 쳤지만, 과연 제 말대로 분이가 아니더라도 계집에 그다지 주릴 사이는 없었다. 어디로 한번 나가 며칠을 묵고 들어올 적에는 으레 낯선 계집 하나씩을 달고 돌아오곤 하였다. 그것들이 그러나 사흘도 못 가 대개 달아나 버리기는 하였지만.

그런데 또 한 가지 망측한 일은 이렇게 득보가 가끔 달고 들어오는 계집들에게 분이가 번번이 강짜를 부린다는 사실이었다. 강짜를 놀되 이건 어처구니도 없이, 이년아, 왜 남의 은가락지를 훔쳤느냐, 내 다리를 찾아내라, 수젓가락이 없어졌다, 모시 치마는 어디 갔느냐……. 이런 식으로 낯선 계집들의 노리개나 옷벌을 뺏기가 일쑤요, 그러고서도 계집이 얼른 물러가지 않으면 이번에는 육박전으로 달려들어 머리를 뜯고 옷을 찢곤 하는 것이다.

"너 때문에 득보는 평생 어디 장가들겠나."

하고 억쇠가 나무라면, 분이는,

"벨 소릴 다 듣겠네. 그럼 도둑년을 붙여 둘까."

하고 톡 쏘는 것이다.

한번은 역시 그러한 여자 하나가 득보에게 정이 들었던지 얼른 달아나지 않고 한 달포 동안이나 붙어 살게 되었다. 분이가 그런 따위 수작을 붙이면 서슴지 않고 제 보따리를 털어서 척척 내어 주어 버린다. 몸집도 큼직하려니와 여자치고는 힘도 세어서 분이가 본래 남의 머리를 뜯고 옷벌이나 찢는 데는 여간한 솜씨가 아니라고 하지만, 이 여자에게만은 그리 잘되지 않는 모양이었다. 몇 번 머리를 뜯으려고 달려들었다가는 번번이 실패를 보고 말았다. 그러자 분이는 일도 하지 않고 잠도 자지 않는 채, 며칠이든지 득보네 방구석에 그냥 박혀 있었다. 밤사이에는 셋이서 무엇을 하는지, 밖에서 들으면 흡사 씨름을 하는 것처럼 툭턱거리고 쾅쾅거리는 소리만 들렸다. 어떨 때는 그것이 거의 밤새도록 계속되기도 하였다. 이러고 난 이튿날 아침에 보면 세 사람이 다 으레 머리를 풀어 흐트린 채 눈들이 벌게져 있었다. 그것을 보는 억쇠는 입맛이 쓴지,

"더러운 연놈들!"

하면서 침을 뱉곤 하였다.

그렇게 얼마를 지난 어느 날 새벽녘이었다.

"연놈이 사람 죽이네!"

하는 날카로운 비명 소리가 들렸다. 분이의 목소리였다. 그러고는 또다시 툭탁거리는 소리가 들리기 시작하였다.

이와 같이 득보의 생활에 사생결단의 관심을 걸고 있는 분이가 그러면 제 서방 격인 억쇠를 보지 않느냐 하면 그런 것도 아니다. 정부는 정부요, 본부는 본부란 속인지, 득보의 집에서 국그릇도 들고 오고 밥사발도 안고 오곤 하여, 시어머니와 억쇠의 밥상을 보는 체도 하고 가다가 빨래가 밀리면 빨래 방망이를 들고 나서기도 하였다. 그 밖에 무슨 잠자리 같은 데서 몸을 사리거나 하느냐 하면 그런 일은 한 번도 없고, 그보다도 분이의 말을 빌리면, 억쇠에 대한 그녀의 가장 중요한 불만이, 잠자리에 있어 그가 너무 심심한 점이라 한다.

5

분이가 밤낮으로 징검다리를 건너고 있을 무렵, 억쇠는 맘속으로 그녀를 단념하고, 그 대신, 그전부터 은근히 눈독을 들여 오던 설희를 손아귀에 넣고 말았다.

억쇠는 혈통이 농부요, 과거가 또한 그러니만큼 잠자리에서뿐만 아니라, 분이의 모든 점이 그에게는 맞을 수 없었다. 더구나 늙은 어머니까지 모시는 몸으로 여태 혈육 한 점 없다는 것도 여간 송구스러운 일이 아니었다. 뿐만 아니라, 자기 자신의 심정으로서도 자식 하나쯤은 기어이 남겨야 할 것같이 생각되었다.

그러나 마음씨나 몸가짐이 그러한 분이에게 이 일을 기대할 수는 없었고, 또 그러니만큼 그것을 통정하고 싶지도 않아서 그녀와는 상의 없이 저 설희를 보게 되었던 것이다. 그러나 분이는 또 분이대로 잔뜩 배알이 틀리는지,

"흥, 씨 글러 못 낳지, 배 글러 못 낳는 줄 아나. 어느 년의 ○○○은 어디 별난가 두고 보자!"

하며 이를 갈아 붙였다.

설희는 용모가 미인이었고, 게다가 행실까지 얌전하다 하여 부근 일대엔 모르는 사람이 없으리만큼 소문이 높이 나 있던 여자였다. 스물셋에 홀로 되어 그동안 여러 군데서 무수히 권하는 개가도 듣지 않고 식구라야 하나밖에 없는 늙은 시아버지를 지성껏 섬겨 가며 군색한 빛 남에게 보이지 않고 살아왔던 것이다. 얼마 전

그 시아버지마저 세상을 떠나 버리고 의지가지없게 되자, 그동안 이미 오래전부터 마음을 두고 몇 차례 집적거려 보기까지 하여오던 억쇠가 드디어 그녀를 손에 넣고 말았던 것이다.

한편 설희에 대하여 침을 흘려 온 자로 말하면 물론 억쇠 한 사람뿐만이 아니었다. 가운데도 득보는 잔뜩 제 것이 될 줄로만 믿어 왔던 모양으로 설희가 억쇠와 함께 지내게 되었다는 소문을 듣자 으흥 하고 신음 소리를 내었다.

"늙은 놈이 계집을 둘씩이나 두고 거드럭거리다 쉬 자빠질라, 괜히 헛욕심 부리지 말고 진작 하날랑 냉큼 내놓는 게 어때."

안냇벌에서 돌아오며 억쇠에게 하는 말이었다.

억쇠는 그냥,

"그놈 주둥아릴……."

하고 말았지만 속으로는,

'이놈이 끝내 그냥 있진 않겠구나.'

했던 것이다.

어느 날 밤에는 비가 부슬부슬 내리는데 한 이경*이나 되어 억쇠가 설희에게로 가니 방문의 불빛은 여느 때와 마찬가지로 불그레하게 비쳐 있는데 그 안에서 사내의 코 고는 소리가 드르렁거렸다. 아차 싶어 신돌 위를 보니 아니나 다를까, 그 침침한 불빛에서도 완연히 크고 낯익은 미투리 한 켤레가 놓여 있지 않는가. 순간

*이경 : 밤 9시~11시.

억쇠는 자기 자신도 모르게 주먹이 불끈 쥐어지며 온몸의 피가 가슴으로 좌악 모여든 듯하였다. 떨리는 손으로 막 문고리를 잡으려 할 때, 저쪽 뜰 구석에서 사람의 기척 소리가 나는 듯하여 얼른 머리를 돌려서 보니 그쪽 어두컴컴한 거름 무더기 곁에 하얗게 서 있는 것이 분명히 사람의 모양이요, 한두 걸음 가까이 들어서는데 보니 바로 설희였다.

설희는 억쇠의 턱밑으로 다가 들어서며,

"득보요, 벌써 초저녁에 와서 어른을 찾데요, 안 계신다고 해도 그냥 들어와서 어떻게 추근추근히 구는지, 할 수 없이 측간엘 간다고 나와서 뒤곁에 숨어 안 있는교."

이렇게 소곤거렸다.

"으ㅡㅁ."

하고, 혼자 속으로,

'죽일 놈이다.'

했다.

부들부들 떨리는 손으로 방문 고리를 잡을 때는 이놈을 아주 잠이 든 채 대가리를 부숴 놓으리라, 했던 것이다.

득보는 억쇠가 문을 열고 들어와도 모르고 방에 하나 가득 찰 듯한 큰 덩치를 뻗드리고 자빠져 누워 드르렁거리며 코를 골고 있었다. 유달리 검붉고 뚝뚝 불거진 얼굴에 희미한 불 그림자가 바로 비껴 있고, 여줏덩이만이나 한 콧마루 위에는 어이한 파리 한

106

마리가 앉아 있다. 파리는 콧마루에서 콧잔등을 타고 기어 올라가다가 산근* 즈음에서 한 번 날아서, 다시 그의 왼쪽 눈썹 끝의 도토리만 한 혹 위에 가 앉았다. 파리와 함께 그의 시선도 그 혹 위에 가 멎어서 더 움직이질 않았다. 그것은 금년 3월 삼짇날 싸움 때 억쇠의 주먹에 맞아서 생긴 거라는 혹이었다. 그러자 억쇠는 문득 어떤 비창한* 생각이 들었다. 그는 후들거리는 발길로 득보의 엉덩이를 걷어차며,

"이놈 득보야!"

하고 불렀다.

몸을 좀 꿈틀거리다 그대로 다시 코를 골기 시작하는 득보를 이번에는 좀 더 거세게 지르며,

"이놈 득보야!"

하니, 그제야 핏발이 벌겋게 선 눈을 떠 방 안을 한 번 살펴보고 나서 기지개를 켜며 부스스 일어나 앉았다.

억쇠가 목소리에 노기를 띠고,

"네 이놈 여기가 어디여."

한즉, 그는 입맛만 쩍 다시고는 대답이 없었다.

"네 이놈 여기가 어디여."

또 한 번 호통을 치니, 그제야 그 벌건 눈으로 억쇠를 한 번 힐끗

* 산근 : 산줄기가 뻗어 나가기 시작한 곳.
* 비창한 : 마음이 몹시 상하고 슬픈.

쳐다보며,

"어딘 어디라."

한다.

"흥, 이놈!"

억쇠는 한참 득보의 낯을 노려보고 있다 이렇게 선웃음*을 한 번 치고 나서, 얼굴을 고쳐,

"따로 매는 맞을 날이 있을 터이니 오늘 밤엔 우선 술이나 처먹어라."

하고, 설희를 불러 술을 청했다.

이날 밤 이래로, 득보의 설희에 대한 태도가 조금 은근해진 듯하기는 했으나, 그 대신 전날보다도 더 걸음이 쉽고 잦게 되었다.

"아지메 있어?"

득보는 언제나 밖에서 이렇게 불렀다. 설희는 설희대로 득보가 비록 자기를 찾더라도,

"안 계시는데요."

하고, 으레 바깥주인이 안 계신다는 뜻으로만 대답을 하곤 했으나, 득보는 억쇠가 있든지 없든지 그냥 방으로 들어오므로 나중에는 잠자코 방문을 열기만 하였다.

이렇게 방 안에 들어온 득보는 처음엔 으레 농지거리 비슷한 인사말을 붙여 보곤 하였으나 수작이 지나치면 그때마다 설희의 두

---

*선웃음 : 우습지도 않은데 꾸며서 웃는 웃음.

눈에 싸늘한 칼날이 돋힘을 발견하고 그러고는 슬그머니 뒤로 물러앉는가 하면 의외로 빨리 자빠져 누워 코를 골기 시작하는 것이었다.

"이놈아 맞아 죽을라, 조심해라."

억쇠가 은근히 얼러 보면,

"더럽게 늙은 놈아! 친구가 네 계집 궁둥이에 좀 붙어 자기로서니 늙은 놈 처신으로 그것까지 샘질이냐?"

득보는 아니꼬운 듯이 가래를 돋우곤 하는 것이다.

그러나 억쇠는 득보가 언젠가 분이를 두고도 이렇게 가래만 뱉던 것을 기억하고,

"홍, 이놈이 어디 두고 보자."

무서운 눈으로 노려보면,

"이놈아, 그렇다면 낼이라도 끝장을 내자. 어느 놈의 계집이 되는가 말이다."

하고, 득보는 또 언젠가 분이를 두고 하던 것과 같은 말투였다.

"어디 이놈!"

하고 이번에는 억쇠도 이전과 달랐다.

이 모양으로, 두 사람 사이에 설희가 새로 등장한 이후로는 언제나 그녀로써 싸움의 동기를 삼았다. 그것도 물론 분이의 경우와 같이 한갓 싸움을 돋우기 위한 방편에 지나지 않았는지 모르지만, 분이의 경우보다는 양쪽이 다 좀 심각한 체하는 것도 사실이었다.

억쇠도 설희에 대해서만은 진지한 태도로, 어쩌다 술이라도 얼근해지면,

"난 자네가 암만해도 염려스러우이."

하고 슬쩍 그녀의 마음을 떠보기도 하였다. 그럴라치면 그때마다 설희는 소곳이 고개를 수그릴 뿐 대답이 없었다.

한번은 분이의 이야기를 하던 끝에 설희는,

"아주 떼 내어 버려요."

하기에, 그때 역시 술기가 얼근하던 억쇠는, 농담 삼아 또,

"그랬다가 자네마저 득보 놈이랑 어울려 버리면 어쩌라구."

했더니, 설희는 갑자기 낯빛이 파랗게 질리어 한참 앉아 있다가,

"지같이 팔자 험헌 년이 앞으론들 좋기로사 바라겠소⋯⋯. 그저 이 위에 더 팔자는 고치지 않을 작정⋯⋯."

하며, 조용히 수건으로 눈물을 받으매, 억쇠는 취한 중에서도, 설희의 팔자란 말에 문득 자기의 반 넘어 센 수염을 쓸어 쥐며,

"미안하이, 미안해⋯⋯."

진정으로 언짢아하였다.

득보가 밤낮없이 설희의 방에 걸음이 잦을 무렵이었다.

밤마다, 달이 있을 때에는 그 집 뒤꼍의 늙은 홰나무 그늘에 숨고, 달이 없을 때엔 캄캄한 어둠에 싸인 채 그 불빛이 희미하게 비

치고 있는 설희의 방문을 그녀는 노리고 있었다.

그녀의 낯에는 그믐 달빛 같은 독기가 서리고 그 두 눈에는 야릇한 광채가 감돌며, 그리고, 그 품속에는 헝겊에 싸인 날이 새파란 비수 하나가 들어 있었다.

6

억쇠와 득보 두 사람이 서로 겨루듯이 열을 내어 설희에게 다니기 시작한 뒤부터 분이의 낯빛과 거동엔 변화가 생겼다. 그녀는 전과 같이 수다스레 지껄이지도 노골적으로 입을 비쭉거리지도 않았다. 밤으로는 어디 가 무엇을 하고 오는지 집 안에 붙어 있지도 않다가, 낮이 되면 온종일 이불을 쓰고 잠을 자는 것이었다. 언제 어떻게 끼니를 치르는지 그녀는 거의 식음을 전폐하듯 하였다. 그녀의 낯빛은 이제 종잇장같이 되고, 입가엔 언제나 뱅글거리던 웃음도 아주 흔적을 감추어 버렸다.

분이의 이러한 심상찮은 거동을 억쇠 역시 깨닫지 못한 바는 아니었으나 그는 그의 어머니의 병환으로 경황이 없을 즈음이라 설마 어떠랴 하고 내버려 두었던 것이다.

어느 날 밤에는 억쇠가 그의 어머니의 병 시중을 들고 있노라니까 밤이 이슥해서, 건너편 득보네 집에서 갑자기 싸우는 소리가 났다. 이윽고 분이의 비명 소리가 나고 그러고는 싸움 소리도 갑자기 그쳐 버렸다. 분이의 비명 소리가 났을 때, 억쇠의 늙은 어머

니는 갑자기 자리에서 몸을 일으키며,

"야야, 저게 무슨 소리고? 저게, 저게!"

하고 억쇠의 소매를 잡아당겼다.

이때부터 병세는 갑자기 위중해져서 그런 지 사흘째 되던 날 그 맘때엔 그녀의 몸에서 이미 숨이 없어진 뒤였다.

황토골 뒷산 붉은 등성이에 억쇠네 무덤 한 쌍이 더 늘던 그날 밤이었다.

억쇠가 그의 친척 몇 사람과 더불어 아직도 뜰 가운데 타고 있는 화톳불을 바라보고 있었을 바로 그때, 그의 가엾은 설희는 그 배 속에 또 하나 다른 생명을 넣고, 목에 푸른 비수가 꽂힌 채 그녀의 다난한 일생을 끝내고 말았다.

설희의 몸이 채 식기도 전에, 손과 소매와 치맛자락을 온통 피로 물들인 채, 분이는 다시 그 캄캄 어두운 홰나무 밑을 돌아 득보를 찾아가고 있었다. 아직도 핏방울이 듣는 그녀의 오른쪽 손에는, 다시 설희네 집에서 들고 나온 식칼이 번득이고 있었다.

낮에 상여를 메고 갔다 산에서 흙일을 하고 돌아온 득보는 술이 잔뜩 취하여, 마침 분이가 치마 속에 그것을 숨기고 설희 집 뒤의 홰나무 그늘을 돌아 나올 때쯤 하여서는 불도 켜지 않은 캄캄한 방 안에 막 잠이 들어 있었던 것이다.

방문 앞까지 와서, 방 안의 득보의 코 고는 소리를 들은 분이는 흡사 조금 전에 설희의 방문 고리를 잡으려던 그 순간과 같이, 별안간 가슴에서 걷잡을 길 없는 쌍방망이질이 일어나며 그와 동시에 코에서는 어릴 적 남몰래 주워 먹던 마른 흙냄새가 혹 끼쳐 오르며 정신이 몽롱하여졌다. 바로 그다음 순간, 분이는 반무의식 상태에서 바른손에 든 식칼로 어둠 속에 코를 골고 자는 득보의 목을 내리 찔렀다. 그러나 칼날은 그의 목을 치지 못하고 목에서 한 뼘이나 더 아래로 빗나가 그의 왼편 가슴을 찔렀다.

가슴이 뜨끔하는 순간, 득보는,

"어엇!"

하고, 놀라 일어나려는데, 무엇이 왈칵 가슴으로 뛰어 들어와 안기려 하였다. 분이라는 생각이 섬광처럼 머릿속에서 번쩍하던 다음 순간, 득보는 무슨 악몽에서 깨는 듯 가슴의 것을 힘껏 후려던져 버렸다. 분이는 문턱에 가 떨어졌다.

그제야 정말 정신이 홱 돌아 들어오며 거의 본능적으로 그 손이 그쪽 가슴께로 갔다. 가슴에서 뜨뜻한 액체 같은 것이 손에 묻어 나오자, 그 순간, 또 한 번 꿈속에 벼락을 맞듯 등골이 찌르르하여짐을 깨달으며 그대로 자리에 쓰러져 버렸다.

이튿날 새벽 억쇠가 숨을 헐떡이며 뛰어왔을 때엔 온 방 안이 벌건 피요, 피비린 냄새가 코를 찔렀다.

"득보!"

하고, 억쇠는 큰 소리로 불렀다.

"……."

득보는 잠자코 눈을 떠서 억쇠를 쳐다보았다. 그의 눈에는 벌건 핏발이 서 있었다.

"득보!"

"……."

"죽든 않겠나, 죽든."

"……."

대답 대신 득보는 왼편 가슴을 더듬었다. 거기엔 시뻘건 핏덩이가 풀처럼 엉켜 붙어 있고, 다시 그의 엉덩이 즈음에서는 피 칠갑이 된 식칼 하나가 나왔다.

식칼을 집어 들어서 보고 있는 억쇠의 신발에서는 피가 스며 올라와 버선을 적시었다.

그동안 부엌의 억새풀 위에 쓰러져 누워 있었던 분이는 새벽녘이 되어, 억쇠의 목소리가 나자, 놀라 일어나 거기서 그림자를 감추어 버렸다. 그러고는 두 번 다시 그녀는 나타나지 않았다.

7

득보의 가슴의 상처는 달포 만에 거죽만은 대강 아물어 붙었으나 그 속은 웬일인지 자꾸 더 상해만 들어가는 모양이었다. 양쪽 광대뼈가 불거져 나오고, 광대뼈 밑에는 우물이 푹 패고, 게다가 낯빛은 마른 호박같이 되어, 옛날의 모습은 볼 길이 없는데, 이마에는 칼로나 그어 낸 것처럼 깊고 험상궂은 주름살만 늘게 되었다. 그는 달포 동안에 완전히 늙은 사람이 되었다.

"분이는?"

억쇠를 볼 때마다 늘 이렇게 물었다.

처음 억쇠는, 득보가 분이를 찾는 것은 분이에 대한 원수를 갚
으려는 줄 알았으나, 두 번, 세 번 그의 표정을 보아 오는 동안, 그
렇기만도 한 것이 아니고, 어쩌면 분이를 도리어 아쉬워하고 있는
듯한 눈치이기도 하였다.

"내가 찾아오지."

억쇠는 늘 이렇게 대답하였다.

그러나 좀처럼 분이의 행방은 알 길이 없었다. 혹은 그녀의 고
향인 동해변 어디에 가 산다는 말도 있고, 혹은 남쪽의 어느 객주
집에 가 역시 주모 노릇을 한다는 말도 있고, 또 일설에는 영천 지
방 어디서 우물에 빠져 죽어 버렸다는 소문도 있었다.

"뭐 하노."

득보는 억쇠에게 곧잘 역정을 내었다.

"그동안 찾아내지."

그러나 억쇠는 분이를 찾아 길을 떠나지는 않았다.

이듬해 봄이 되었다.

세안*에 가끔 장 출입을 하던 득보는, 땅에서 풀이 돋고, 건너
산에 진달래가 필 무렵이 되자, 표연히 어디론가 길을 떠나고 말

*세안: 한 해가 끝나기 이전.

았다.

억쇠는 억쇠대로 그날부터 득보를 기다리기 시작하였다. 그는 매일같이 주막에 나가 득보의 소문만 들으려 하였다. 이른 여름이 되었다.

나뭇가지마다 녹음이 우거져 가는 단오 무렵 어느 날 득보는 의외로 어린 계집애 하나를 데리고 황토골로 돌아왔다. 유록* 저고리에 분홍 치마를 입은 열두어 살 가량 되어 뵈는, 이 어린 계집애는 분이가 열여섯 살 때 낳은 그녀의 딸이라는 것이었다(그녀 자신은 일찍이 옥동자라고 했지만……).

"분이는 어쩌고?"

억쇠가 물은즉 득보는 힘없이, 다만,

"아마 뒈진 모양이여."

하였다.

그 뒤에도 득보는 가끔 집을 나가면 한 예니레*씩 묵어 들어오곤 하였다.

"어디 갔더누."

억쇠가 물으면 득보는 힘없이 그저,

"저어기……."

하고 마는 것이 분명히 분이를 찾아다니다 오는 눈치였다.

* 유록 : 검은빛을 띤 녹색.
* 예니레 : 엿새나 이레.

분이를 찾아 나가지 않고 집에 있을 때는 무시로* 계집애를 보내어 억쇠의 거동을 엿보게 하였다.

"멀 하더누."

"누워 있데요."

이것이 그들 애비 딸의 대화였다. 만약 억쇠가 집에 없더라고 하면 몇 번이든지 계집애를 되돌려 보내었다. 그리하여 결국 그가 집에 돌아와 있더라는 보고를 듣고 나서야 마음을 놓는 모양이었다.

한번은 주막에서 술이 취해서 돌아오는 길로 억쇠에게 들르더니, 득보는 그 커다란 주먹을 억쇠의 턱밑에 디밀어 보이며,

"너 같은 놈은 아직 어림없다."

고 하였다.

억쇠도 자칫 흥분을 하여,

"허허허……."

소리를 내어 웃어 버렸더니, 득보는 그 주먹으로 억쇠의 볼을 쥐어박으며,

"이 늙은 놈아, 이 더러운 놈아."

분이 찬 목소리로 이렇게 욕을 하였다.

억쇠도 그제야 자기의 경망한 웃음을 뉘우치며,

"술만 깨면 네놈 죽여 놓을 게다."

하고, 호통을 쳤더니, 그제야 득보도 눈에 광채를 띠며,

* 무시로: 특별히 정한 때가 없이 아무 때나.

"응, 이놈아 정말이냐."

하고, 자기의 귀를 의심하는 듯이 이렇게 한 번 다지는 것이었다.

그러나 이튿날도 사흘째도 억쇠는 득보를 찾아 주지 않았다.

그런 지도 보름이 지난 뒤였다.

낮이 다 되어 득보는 억쇠를 찾아와, 그동안 노름을 해서 돈이 생겼으니 술을 먹으러 가자고 하였다.

마침 목이 컬컬하던 차라 억쇠도 즐겁게 술잔을 나누게 되었는데, 그러나 득보의 행동이 웬일인지 이날따라 몹시 굼뜨게 보였다. 억쇠는 마음속으로 득보가 분이를 못 잊어 그러려니 하고,

"너 이놈 죽은 분이는 왜 못 잊고 그 지랄이냐."

했더니,

"늙은 놈이 더럽게 기집 생각은 지독하게 헌다."

하며 도로 억쇠를 나무랐다.

"이 불쌍한 놈아, 분이는 영천서 우물에 빠져 죽은 지도 벌써 옛날이다."

하고, 억쇠가 한마디 던져 본즉,

"그놈이 영천만 알고 언양은 모르는구나."

하였다. 그러면 영천이 아니라 바로 언양서 죽은 게로구나, 억쇠는 속으로 짐작을 하며, 그래서 저놈이 이 한 달포 동안은 그렇게 아가리에 술만 들이부은 게로구나, 하는 생각도 들었다.

"그럼 너는 이놈아, 상제 노릇을 해야지."

하는 억쇠의 말에 득보는 무엇을 생각하는지 한참 동안 잠자코 있더니, 흥 하고 그저 코웃음을 한 번 칠 뿐이었다.

술이 거진 다 마쳐 갈 무렵이었다.

득보는 돌연히 술상 위에다 날이 퍼렇게 선 단도 하나를 내놓으며,

"너 이놈 네 죄 알지."

하였다.

그러나 억쇠는 마치 자기 자신도 모르게 그러한 것을 예기하고 나 있었던 것처럼 조금도 당황하거나 겁을 집어먹는 빛이 없이, 자칫하면 또 언제와 같이 웃음이 터져 나올 듯한 것을 억지로 누르며,

"흥, 내가 이놈……."

하고, 엄숙한 음성으로 입을 떼었다.

"네놈의 목숨 하나 오늘까지 남겨 온 것은 다 요량이 있었던 거다."

억쇠의 두 눈에도 불이 켜졌다.

억쇠의 장엄한 목소리와 불을 켠 두 눈에서 형언할 수 없는 만족감을 깨달으며, 그러나 득보는 비웃는 듯이,

"너도 사내 새끼로 생겨나, 방 안에서 자빠지기가 억울커든 나서거라."

하며, 단도를 도로 고의춤*에 넣어 버렸다.

억쇠는 득보를 먼저 안냇벌로 들여보낸 뒤, 자기는 주막에 남아서 술 준비를 시키고 있었다.

"소주는 역시 깔깔한 놈이 좋군."

억쇠는, 안주인이 맛뵈기로 부어 준 사발의 소주를 기울이며 바깥주인을 보고 이런 말을 건네곤 했다.

"안주가 마른 것뿐인데……."

하고, 안주인이 문어 가리를 들고 나왔다.

"문어 가리면 됐지, 머……."

억쇠는 문어 가리를 꾸려서 조끼 주머니에 넣은 뒤, 소주 두르미*를 메고 득보의 뒤를 쫓았다.

막걸리 먹은 다음에 소주를 걸친 때문인지, 옛날 처음으로 장가란 것을 가던 때처럼 가슴이 다 설레며 걸음이 흥청거려졌다.

"네놈이 내 초상 안 치르고 자빠질 줄 아나."

억쇠는 문득, 언젠가 득보가 가래와 함께 뱉어 놓던 이 말이 머리에 떠오르며 동시에, 아까 술상 위에 내어 놓던 득보의, 그 날이 시퍼렇던 단도가 생각났다.

그 한 뼘도 넘어 될 득보의 단도 날이 자기의 가슴 한복판을 푹 찔러, 이 미칠 듯이 저리고 근지러운 간과 허파를 송두리째 긁어

*고의춤 : 고의나 바지의 허리를 접어서 여민 사이.
*두르미 : 큰 병.

내어 준다면, 하는 생각과 함께 자기 자신도 모르게 몸서리를 한 번 치고, 문득 걸음을 멈추며, 고개를 들었을 때, 헤는 이미 황토재 위에 설핏한데, 한 마장*가량 앞에는 득보가 터덕터덕 혼자서 먼저 용냇가로 내려가고 있었다.

*마장 : 5리나 10리가 못 되는 거리.

화랑의 후예

1

황 진사(黃進士)를 처음 알게 된 것은 지난해 가을이었다.

아침을 먹고 등산을 할 양으로 신발을 신노라니 윗방에서 숙부님이 부르셨다.

"오늘 네 날 따라가 볼래?"

숙부님은 방문을 열고 툇마루로 나오시며 이렇게 물었다.

"어디요?"

"저 지리산에서 도인이 나와 사주와 관상을 보는데 아주 재미나단다."

"싫어요, 숙부님께서나 가슈."

나는 단번에 거절하였다.

"왜, 싫긴?"

"난 등산할 참인데……."

"것두 좋긴 하지만…… 오늘은 특별히 한번 따라와 봐…….
무슨 사주 관상 뵈이는 게 재미나단 말이 아니라, 그런 데서도 배
울 게 있느니……. 더구나 거기 모여드는 인물들이란 그대로 조
선의 심벌들이야."

"조선의 심벌이오?"

나는 반쯤 웃는 얼굴로 이렇게 물은즉, 숙부님도 따라 웃으며,

"그렇지, 심벌이지."

하였다.

이리하여 '조선의 심벌'이란 말에 마음이 솔깃해진 나는 등산하
려던 신발을 끄르기 시작하였다.

파고다공원에서 뒷문으로 빠지면 서울 중앙 지점치고는 의외
로 번거롭지도 않은 넓은 거리가 두 갈래로 갈라져 있고, 바로 그
두 갈래로 갈라지는 길목에 '중앙 여관'이란 간판을 걸고 동남쪽으
로 대문이 난 여관이 있고, 이 여관에 소란한 차마(車馬) 소리와,
사람의 아우성과, 입김과 먼지와, 기계의 비명이 주야로 쉬지 않는
도시의 심장 속에 ― 접신(接神) 통령(通靈)의 간판을 내걸고 손
님을 기다리고 있는 '도인'이 있다.

방 안에는 많은 사람이 있었다. 술이 묻고 때가 전 옷을 입고 눈
에 핏발들을 세우고 볼에 살이 빠져 광대뼈들이 불거진 불우한 정
객 불평 지사들이며, 문학가, 철학가, 실업가, 저널리스트, 은행원,
회사원 들이 무수히 출입하고 금광쟁이 기마꾼들이 방구석에 뒹

굴고 있었다.

나는 무슨 아편굴 속에나 들어온 것처럼 기분이 불쾌했다. 내가 얼굴을 붉히며 숙부님을 향해 얼른 다녀 나가자는 눈짓을 했을 때, 그러나 숙부님은 나의 눈짓에 응한다느니보다는 분명히 묵살을 하고 나를 좌중에 소개를 시키셨다. 바로 그때,

"아, 이분이 김 선생 조카 되시는 분이구려."

하고, 거무추레한 두루마기에 얼굴이 누르퉁퉁한, 나이 한 육십가량 된 영감 하나가 방구석에서 육효*를 뽑다 말고 얼굴을 돌리며 어눌한 음성으로 이렇게 물었다. 그는 하도 살아갈 지모*가 나지 않아 육효를 뽑아 보았노라 하면서 반가운 듯이 삼촌 곁으로 다가앉았다. 그의 까닭 없이 벗겨진 이마 밑의 두 눈엔 불그스름한 핏물 같은 것이 돌고 있었다. 내가 자리를 고치고 머리를 굽히려니까,

"괘, 괜찮우, 거, 그 자리에 앉으우."

하고 손을 내저으며,

"나 황일재(黃逸齋)우. 이 와, 완장 선생과는 참 마, 막역지간이우."

하는 것이었다.

좌중의 시선이 모두 나에게 집중된 듯하였다. 바로 그때였다.

*육효 : 점괘의 여섯 가지 획수.
*지모(智謀): 슬기로운 꾀.

나와 바로 마주 앉은 접신 통령의 도인은 그 손톱자국과도 같이 생긴 조그마한 새빨간 눈으로 몇 번 나의 얼굴을 흘낏흘낏 보고 나더니,

"부모와는 일찍이 이별할 상이야."

불쑥 이렇게 외쳤다.

"형제도 많지 않고, 초년은 퍽 고독해 야."

하고, 또 인당*이 명료하고 미목*이 수려하니 학문에 이름이 있으리라 하고, 준두*와 관골*이 방정해서 중정에 왕운이 있으리라 하고, 끝으로 비록 부모가 없더라도 부모에 못지않은 삼촌이 계셔서 나의 입신출세에 큰 도움이 되리라 하였다.

나는 어쩐지 쑥스럽고 거북하여져서 얼굴을 붉히며 그만 자리를 일어나 버렸다. 내 뒤를 이어 숙부님이 일어나시고 숙부님을 따라 황일재 황 진사가 밖으로 나왔다.

파고다공원 뒤에서 황 진사는 때묻은 헝겊 조각 같은 모자를 벗어 쥐고 그저 몇 번이나 절을 하고 나서 공원으로 들어가 버렸다.

"어디루 가우?"

숙부님이 물으신즉,

"나 여기 공원에서 친구 만나구……."

* 인당 : 관상에서 양쪽 눈썹 사이.
* 미목 : 눈썹과 눈.
* 준두 : 코의 끝.
* 관골 : 광대뼈.

했다.

해는 오정이 가까웠다. 구름 한 점 없이 갠 하늘엔 북한산이 멀리 솟아 있었다. 안타까움에 내 몸은 봄날같이 피곤하였다.

2

나뭇잎이 다 지고 그해 가을도 깊어졌을 때다. 삼촌은 금광에 분주하시느라고 외처*에 계시고 없는 어느 날 아침 막 밥상을 받고 있으려니까, 문밖에서 '에헴', '에헴' 연달아 헛기침 소리가 나더니,

"일 오너라—."

하고, 부르는 소리가 났다. 밥숟가락을 놓고 문밖으로 나가 보니, 어느 날 관상소에서 육효를 뽑고 있던 그 황 진사였다. 이날은 처음부터 그 '조선의 심벌'이란 생각을 머릿속에 가지지 않은 탓인지, 처음 보았을 때처럼 그렇게 불쾌하거나 우울하지도 않고, 그보다도 다시 보게 된 것이 나는 오히려 반갑기도 하였다.

"웬일로 이 치운 아침에 이렇게……."

인사를 한즉,

"꽤, 괜찮우, 거 완장 어른 안 계슈?"

하는 소리는 전날보다도 더 어눌하였다. 그 푸르죽죽하고 거무스레한 고약* 때 오른 당목 두루마기 깃 밖으로 누런 털실이 내다

*외처 : 본고장이 아닌 다른 곳.

뵈는 것으로 보면 전날보다 재킷 한 벌은 더 입은 모양인데도 그렇게 몹시 추운 기색이었다.

"네, 숙부님 마침 출타하셨어요."

한즉,

"어디 출타하신 곳 모루, 예서 얼마나 머, 멀리 나가셨슈?"

"네."

"언제쯤 도, 돌아오실 예, 예정……."

"글쎄올시다, 아마 수일 후라야……."

한즉, 갑자기 그는 실망한 듯이,

"아아, 이."

하는 소리가 저 목구멍 속에서 육중한 신음과도 같이 들려왔다.

"어쩐 일로 오셨다가…… 춘데 잠깐 들오시죠."

한즉, 그는 두루마기 속에 찌르고 있던 손을 빼어 모자를 쥐려다 말고 한참 동안 무엇을 망설이며 내 눈치를 보곤 하더니, 모자를 잡으려던 손으로 콧물을 닦으며 왼편 손은 사뭇 두루마기 속에서 무엇을 더듬어 찾고 있었다.

"이거 대, 대, 댁에 잘 간수해 두."

하며 종잇조각에 싼 것을 주는데 받아서 보니 이건 흙에다 겨가루를 심은 것같이 보였다.

"……?"

*고약 : 주로 헐거나 곪은 데에 붙이는 검은색의 끈끈한 약.

128

내가 잠자코 의아한 낯빛으로 그를 쳐다보려니까, 그는 어느덧 오연한* 태도를 가지며 위엄 있는 음성으로,

"거 쇠똥 위에 개똥 눈 겐데 아주 며, 며 명약이유."

한다. 나는 그의 말뜻을 바로 이해할 수 없어 어리둥절해 있으려니까,

"허어, 어떻게 귀중한 약인데 그랴!"

하며 그 물이 도는 두 눈에 독기를 띠고 나를 노려보았다. 내가 민망해서,

"대개 어떤 병에 쓰는 게죠?"

하고 물은즉,

"아, 거야 만병에 좋은걸 뭐."

하며 나를 흘겨보고 나서,

"거 어떻게 소중한 약이라구……. 필요할 때는 대, 대갓집에서 두 못 구해서들 쩔쩔매는 겐데, 괘니…….."

그는 목을 내두르며 무척 억울한 듯한 시능을 하였다. 나는 왜 그가 이렇게 공연히 분개하고 억울해하는지를 알 수 없어, 한순간 내 자신을 좀 반성해 보고 있으려니까 그도 실쭉해서 잠자코 있더니, 갑자기,

"괘애니 모르고들 그랴."

또 한 번 고함을 질렀다.

* 오연(傲然)한 : 태도가 거만하거나 그렇게 보일 정도로 당당한.

내가 막 아침 밥상을 받았다 두고 나간 것을 언짢게 생각하고 몇 번이나 힐끔힐끔 밖을 내다보시고는 하던 숙모님이, 기다리다 못해,

"얘, 무얼 밖에서 그러니?"

하고, 어지간하거든 손님을 모시고 안으로 들어오라는 듯이 '밖에서'란 말에 힘을 주어 주의를 시킨다. 바로 그때였다.

"거, 아침밥 자시고 남았거든 좀……."

하며, 입가에 비굴한 웃음을 띠고 고개질을 하는 양은 조금 전에 흙가루를 내놓고 호령할 때와는 딴판이었다.

나는 그를 방에 안내한 뒤 나의 점심밥을 차려 내오게 하였더니 그는 밥상을 받으며 진정 만족한 얼굴로,

"이거 미안하게 됐소구랴."

하였다.

그는 밥을 한입에 삼킬 듯이 부리나케 퍼먹고 찌개 그릇을 긁고 하더니, 숟가락을 놓기가 바쁘게 곧 모자를 쥐며 자리에서 일어났다. 몇 번이나 절을 하곤 했으나, 아까 하던 약 말은 아주 잊어버린 듯이 다시는 아무런 말도 없었다.

그 후 사흘째 되던 날 아침에 또 황 진사가 찾아왔다. 이번에는 그의 친구라면서 그보다 키는 더 크고 흰 두루마기는 입었으되 그에 지지 않게 눈과 코와 입이 실룩거리는 위인이었다. 이 흰 두루마기 친구는 어깨에 먼지 투성이가 된 자그마한 책상 하나를 메고

왔다. 황 진사는,

"이거 댁에 사두."

하고 거의 명령하듯이 말했다.

"글쎄올시다, 별루……."

"아아이, 값이 아주 염하니* 염려 말구 사두."

"그래두, 별루 소용이 없는걸……."

"아아이, 값이 아주 염하대두 그래."

"……."

"자 50전 인 주."

황 진사는 그 누르퉁퉁하고 때가 묻은 손바닥을 내 앞에 펴 보였다.

"글쎄, 온, 소용이……."

"그럼 제에길, 20전만 내구 맡아 두."

"……."

"것두 싫우?"

"……."

"그럼 꼭 10전만 빌려 주."

황 진사는 어느덧 콧구멍을 벌름거리며 애걸을 하였다.

"나 그날 댁에서 그렇게 포식한 이래, 여태 굶었수다. 여북* 시

* 염하니 : 값이 싸니.
* 여북 : 언짢거나 안타까운 마음을 나타낼 때 쓰는 말로 '오죽' '얼마나'의 뜻.

장해서 이 친구를 찾아갔겠수, 아 그랬더니 이 친구도 사정이 딱했던지 사무 보는 이 책상을 내주는구랴."

그는 손으로 콧물을 닦아 가며 한참 신이 나서 떠들어 대었다. 그의 친구란 사람은 연방 입을 실룩거리며 외면을 하고 서 있었다.

한 5분 뒤, 내가 안에 들어가 돈 20전을 주선해 나와 그들에게 주었을 때, 그들 두 사람은 무수히 절을 하고 나서 책상을 도로 메고 가 버렸다.

3

길바닥이 얼어붙고 먼 산에 눈이 치고 그해는 이른 겨울부터 몹시 추웠다. 그동안 숙부님은 몇 번이나 집에 다녀가시고 관상소 출입도 더러 있는 듯하였다. 그러나 황 진사의 얼굴은 그 뒤로 보이지 않았다. 다만 삼촌을 통해서 그의 시골이 충청도 어디란 것과, 그의 문벌이 놀라운 양반이란 것과, 그의 조상에는 정승 판서 따위가 많이 났다는 것과, 그 자신도 현재 진사 구실을 한다는 것과, 그의 머릿속은 자기 가벌에 대한 자존심으로 가득 차 있다는 것들이었다.

그런데 그 가운데 한 가지 우스운 것은 그가 곧장 진사 노릇을 한다는 것이다. 그것도 처음 관상소에서 어느 장난꾼이 농담 삼아 그에게 서전*과 춘추를 외게 하여 급제를 주고 진사라 부르기 시

* 서전: 중국에서 가장 오래된 경전인 『서경』에 주해를 달아 편찬한 책.

132

작한 것인데 그 후로 만나는 사람마다 반조롱으로 '황 진사', '황 진사' 부르게 되니, 그러나 '황 진사' 자신은 조금도 어색해하지 않고 오히려 그럴싸하게 여겨 이즘 와서는 아주 뽐내고 진사 행세를 한다는 것이다.

어느 몹시 추운 날이었다. 아궁에 불을 넣고 방구석에 숯불을 피우고 나는 온종일 책상에서 일을 하고 있었다. 낮이 짐짓했을* 때다. 밖에서,

"일 오너라ー."

하는 소리가 마치 '사람 살리우' 하는 소리같이 바람결에 싸여 들어왔다. 나가 보니 황 진사가 연방 손으로 콧물을 닦고 서 있는 것이다. 나는 대체 얼어 죽지나 않았나 하고 궁금해하던 차라 이렇게 다시 보게 된 것이 진정 반가웠다.

나는 곧 그를 나의 방에 안내한 뒤,

"그런데, 그동안 어떻게 지냈어요?"

한즉,

"거야 친구 집에서 지냈지요, 뭐, 흐흐……."

하며, 재미난 듯이 웃었다.

"아, 참, 완장 선생은 여태 안 왔시우?"

"수차 다녀가셨지요."

"아, 그렇거루 난 여태 한 번두 못 뵈었으니 이거 죄송해서 흐

*짐짓했을 : 지난 듯했을.

흐……."

그는 숯불을 안고 앉아 또 히히거리고 웃었다.

흰떡을 사다 숯불에 구워서 그에게 대접을 하고 나는 아까 하다 둔 일을 마저 해치울 양으로 잠깐 책상에 앉아 있으려니까, 그는 언 것 구운 것도 가리지 않고 한참 부지런히 집어 먹더니 그동안 흥이 났는지 아주 목청을 뽑아서,

"관관저구(關關雎鳩)는 재하지주(在河之洲)로다, 요조숙녀(窈窕淑女)는 군자호구(君子好逑)로다."

하는 대문을 외곤 하였다.

나는 그동안 책상에 앉아 있느라고 모른 체하고 있으니까,

"아, 성인께서도 실수가 있단 말야!"

그는 나를 바라보며 이렇게 소리를 질렀다.

"아, 공자님께서 시전에 음군을 두셨거던!"

그는 무슨 큰 문제나 발견한 듯이 나 있는 쪽을 옆눈으로 흘겨 보며 마구 기를 뽑아 이렇게 외쳤다.

그래도 내가 모른 체하고 있으려니까 그는 화로 곁에서 일어서 더니, 두루마기 자락을 뒤로 젖히고 저고리 섶을 위로 쳐들고 손을 넣어 무엇을 꺼내는 시늉을 하였다. 나는 속으로 옷의 이를 잡아내어 숯불에 넣으려는 겐가 하고 있는데 그는 또 한 번 나 있는 쪽을 흘겨보고 나서 배에 두르고 있던 때 묻은 전대 하나를 꺼내 었다. 전대 속에서는 네 귀가 다 이지러지고 종이 빛까지 우중충

하게 묵은 모필 사책 한 권과, 백지로 싸서 노끈으로 친친 감아 맨 솔잎 한 줌과, 휴지 조각 몇 장이 나왔다.

"거 무슨 책이유."

내가 이렇게 물은즉,

"아, 주역 책이지 그랴."

하고 된소리를 질렀다. 과연 그 이지러진 네 귀마다 넙적넙적한 괘가 그려져 있는 것으로 보아 주역 책임에 틀림은 없는 모양이었다. 그런데 주역 책은 왜 하필 전대에 넣어서 두르고 다니느냐고 물은즉,

"아, 공자님께서도 역은 삼천독을 하셨다는데 그랴."

하고, 된소리를 질러 놓고 나서, 다시 조용히 음성을 낮추어,

"아, 여북해 지략의 조종이요, 조화의 근본 아니오."

하였다. 나는 처음 관상소에서 그를 보았을 때부터 '하도 지모가 나지 않아 육효를 뽑아 보았노라' 한 것을 들은 일이 있어서 그가 평소 얼마나 이 '지략'과 '조화'를 부려 보고 싶어 하는 위인인가를 짐작은 할 수 있었지만, 이와 같이 언제나 몸에 지닌 솔잎 한 줌과 네 귀 모지라진* 주역 속에서 우러난 음양오행의 지모 조화가 겨우 '쇠똥 위에 개똥 눈' 흙가루 약과, 친구의 책상을 들리고 다니는 것쯤인가, 하고 생각할 때 나 자신도 모르게 한숨이 새어 나왔다.

저녁때가 되어 그는 전대를 다시 배에 두르고 돌아갔다. 종종

* 모지라진 : 물건의 끝이 닳아서 없어진.

오라고 한즉, 매양 신세를 끼쳐서 미안하다고 하며 절을 몇 번이나 하였다.

그해 겨울 그는 내가 성이 가시도록 자주 나를, 아니 내 삼촌을 찾아왔다. 그는 언제나 나를 볼 때마다 오랫동안 삼촌께 못 뵈어 죄송하다고 하였다.

그는 나에게 한시를 지어 달라면서 사오 차*나 운자*를 가지고 왔다. 어디 쓰느냐고 물으면 친구의 환갑 잔치에 대노라고 한다. 친구가 누구냐고 물으면, 이 참봉, 윤 승지, 무슨 참판, 어디 남작, 하고 모조리 서울서도 유수한 대가와 부자들의 이름만 꼽지만 거리에서 그가 어울려 다니는 것을 보나 가끔 친구라고 데리고 오는 것을 보면 그의 말과는 딴판으로 황 진사 자신보다 별로 유여한 축들도 아니었다.

좋은 규수가 있으니 장가를 들지 않겠느냐고, 그는 여러 차례 나를 졸랐다. '좋은 규수'가 어딨느냐고 물으면, 단번에 친구의 딸이라 하고, 어떤 친구냐고 하면 무슨 승지, 무슨 자작 하는 예의 대갓집 따위를 꼽았다. 색시 얼굴이 어떻게 생겼더냐고 하면 매양 자기의 누르퉁퉁하게 부은 얼굴을 가리키며 이렇게 아주 유복스럽게 생겼다고 한다. 내가 웃으며, 색시가 일재 선생 같아서야 좀 재미 적다고 하면,

*사오 차 : 네댓 번.
*운자(韻字) : 한시의 운으로 다는 글자.

"아, 일등 규수라는데 그랴."

하고, 화를 내었다.

"그렇지만 너무 육중해서야."

하면,

"아, 거기 식록*이 들었는걸 그랴, 아, 여북해 일등 규수라는데 그래도 못 믿어서 그랴."

하고 기를 쓰곤 하였다.

4

눈에 고인 물이 눈물이라면 황 진사의 두 눈에는 언제나 눈물이 있었다. 그는 가끔 나에게 그가 혈육 없는 것을 한탄하였다. '친구' 집 회갑 잔치 같은 데서 떡국 그릇이나 배불리 얻어먹고 술기라도 얼근해서 돌아오는 날은,

"아, 명가 종손으로 혈육 한 점이 없다니, 천도가 무심하지 그랴."

대개 이런 말을 했다.

"혼담은 사방 있지만, 어디 천량*이 있어야지."

이런 말도 하였다.

---

*식록 : 벼슬아치에게 월급으로 주던 금품을 일컫는 말. 여기서는 식복(食福)을 말함.
*천량 : 개인 살림살이의 재산.

언젠가 숙모님이, 그의 맘에 제일 드는 규수의 나이와 이름을 물었더니, 하나는 열아홉 살이고 하나는 갓 스물인데 열아홉짜리는 성이 오씨고 갓 스물짜리는 윤씨라 하였다.

"열아홉 살?"

듣던 사람이 놀라니,

"아 자식을 봐야지유."

하였다.

숙모님이,

"좀 나이 짐짓해두 넉넉할걸 뭐."

하니,

"그야 그렇지유, 허지만 암만하면 젊은 규수를 당할라고."

하는 것이, 아무래도 그 열아홉 살인가 갓 스물인가 난 규수에게 마음이 가는 모양이었다.

이런 일이 있은 지 며칠 뒤, 숙모님이 황 진사의 중매를 들게 되었다. 그즈음 황 진사는 거의 날마다 우리 집에 들르게 되어 그의 딱한 형편을 은근히 걱정하고 있던 숙모님은, 그때 마침 집에 돌아와 계시던 숙부님과 의논하고, 그를 건넛집 젊은 과부에게 장가를 들게 해 주자고 하였다. 나는 물론 그리되기를 원했다. 숙부님도 웃는 얼굴로,

"몰라, 허기야 저도 과부지만 그렇게 늙은 사람과 잘 살라구 할는지."

하셨다. 그러나 숙모님이,

"젊고 예쁜 홀아비가 어딨어요. 딸린 자식 없구 한 것만 해 두⋯⋯."

하고 자신 있게 말하는 것을 듣고 나도 적이 안심이 되었다.

그날 저녁때 황 진사가 온 것을 보고, 숙부님이,

"일재, 여기 젊고 돈 있는 색시가 있는데 장가 안 들라우?"

하고 물어본즉,

"아, 들면야 좋지만 선생도 아시다시피 천량이 있어야지."

하는 그의 얼굴에는 완연히 희색*이 넘쳤다.

그의 얼굴에 희색이 넘침을 보신 숙모님은, 돈이 없어도 장가를 들 수 있다는 것과 장가만 들게 되면 깨끗한 의복에 좋은 음식도 먹을 수 있으리라 하는 것을 일러 주신즉,

"아 그럼야 여북 좋갔수, 규수 나인 몇 살인고⋯⋯ 집안도 이름 있구⋯⋯."

그는 연방 입이 벌어져 침을 흘리며 두 눈에 난데없는 광채를 띠고 숙모님께로 대드는 판이었다.

"과부래야 이름이 아깝지 뭐, 이제 나이 삼십도 다 못 된걸⋯⋯."

숙모님도 신명이 나는 모양으로 이렇게 자랑 삼아 말한즉, 황 진사는 갑자기 낯빛이 확 변하며,

"아 규, 규수가, 시방 말씀한 그 규수가 과, 과, 과부란 말씀유?"

* 희색 : 기뻐하는 얼굴빛.

이렇게 물었다.

"왜 그류."

한순간 침묵이 흘렀다. 황 진사의 닫힌 입 가장자리에 미미한 경련이 일어나며, 힘없이 두 무르팍 위에 놓인 그의 두 손은 불불불 떨리고 있었다. 벽에 걸린 시계 소리가 '뚝딱 뚝딱' 하고 들리었다. 그는 조용히 고개질부터 좌우로 돌렸다.

"당찮은 말씀유……. 흥, 과, 과부라니 당치 않은 말씀을……."

그는 곧 호령이라도 내릴 듯이 누렇게 부은 두 볼이 꿈적꿈적하며 노기 띤 눈을 부라리곤 하더니, 엄숙한 목소리로,

"황후암(黃厚庵) 육대 종손이유."

하고, 다시,

"황후암 육대 손이 그래 남의 가문에 출가했던 여자한테 장갈들다니 당하기나 한 소리요…… 선생도 너무나 과도한 말씀이유."

그는 분함을 누르느라고 목소리에 강한 굴곡이 울리었고 낯에는 비통한 오뇌의 경련이 일어나 있었다.

"내일이래두 그럼 어린 규수 골라 혼인하시지요, 뭐……."

하고, 숙모님도 무안해서 일어났다.

숙부님도 딱했던지,

"일재, 일재 염려 말우, 농담했수, 그럼 일재 되구야 한번 타문에 출가했던 사람과 혼인을 하다니 될 말이유? 내가 어니 황후암

을 모루, 황익당을 모루?"

한즉, 그때야 그도,

"아, 아무렴 그랴, 그렇지 거 어디라구, 함부루 어림없이 들……. 황후암이 누구며 황익당이 누군데 그랴?"

얼굴을 펴고 이렇게 높은 소리로 외쳤다.

5

해가 바뀌고 새해가 되었다.

숙부님은 사뭇 금광에 계시느라고 새해맞이까지도 숙모님과 나와 단둘이서 쓸쓸히 하게 되었다. 섣달 중순 즈음에서 한 보름 동안 일금* 얼굴을 뵈지 않던 황 진사가 정월 초하룻날 아침에 대문 밖에서

"일 오너라."

하고, 언제보다도 호기 있게 불렀다. 그 고약 때가 찌든 두루마기를 빨아 입은 위에 어이한 색안경까지 시커먼 걸로 하나 쓰고는, 숙부님께 새해 인사를 드리러 왔노라고 하였다. 숙부님이 안 계신다고 하니 그러면 숙모님이나 뵙고 가겠다고 하였다.

숙모님은 마침 있는 음식에 반갑게 구시며, 떡과 술상을 차려 내주셨다. 그는 몇 번이나 완장 선생을 못 뵈어 죄송스럽다고 유감의 뜻을 표하고는, 술을 몇 잔 들이켜고 나더니,

* 일금 : 일체, 한 번도.

"일배 일배 부일배로 우리 군자 사람끼리 설 쉼을 이렇게 해야지."

흥취에 못 배기겠다는 듯이 손으로 무르팍을 치곤 하였다.

숙모님이,

"새해에는 장……."

하다가 말끝을 움츠러들여 버리자, 그는 그 말끝을 잡아서,

"금년 신운은 청룡이 능주랬지만 아 천량이 생겨야 장갈 들지."

하였다.

이튿날도 찾아왔다. 사흘째도 왔다. 이리하여 정월 한 달 동안을 거의 매일같이 숙부님께 새해 인사를 드려야 할 것이라면서 찾아왔다. 그러나 그는 결국 숙부님께 새해 인사를 드리지 못하고 말았다.

그 뒤 한철 동안을 그는 아주 우리 집에 발길을 끊고 나타나지 않았다. 검은 둥치*에 새 움이 트고 버들가지에 물기가 흐르는 봄 한철을 나는 궁금한 가운데 보내었다.

봄도 지나 여름이 되었다. 새는 녹음 속에 늙고 물은 산골을 울리며 흘렀다.

그때 돌연히 숙부님이 어떤 사건으로 피검(被檢)이 되자 나는 시골 어느 절간에 가 지내려던 피서 계획을 포기하고 괴로운 여름 한철을 서울서 나게 되었다. 물론 숙부님의 사건이란 건 당시 나

*둥치 : 큰 나무의 밑동.

도 잘 몰랐는데, 세상에서 들리는 말로는 만주에서 발단된 '대종교 사건'의 연루라는 것으로 숙부님 검거, 금광 채굴 중지, 가택 수색, 이 세 가지를 한꺼번에 당하게 되었던 것이었다.

어느 날은 서대문 밖에 숙부님을 면회하고 돌아오는 길에 광화 문통을 지나오려니까,

"아, 이건 노상* 해후로구랴!"

하는 소리가 났다. 고개를 들어 보니, 연록색 인조견 조끼에 검은 유리 안경을 쓴 황 진사가 빨아 말린 두루마기를 왼쪽 팔에 걸고, 해묵은 누렁 맥고모*는 뒤통수에 잦혀 쓰고, 그 벗겨진 알이마를 햇살에 번쩍거리며 총독부 쪽에서 걸어오고 있는 것이다.

"네, 일재 선생 오래간만이올시다."

하고, 내가 인사를 한즉,

"댁에서들 모두 태평하시구, 완장 선생께도 소식 자주 듣고……. 아 이건 참 노상 해후로구랴!"

또 한 번 감탄하고 나더니,

"이리 잠깐 오, 날 좀 보오."

하고, 그는 나를 한쪽 구석에 불러 놓고, 지극히 중대한 사실을 발견했노라고 한다. 나는 사정이 전과 다른 형편에 있던 터이라 혹시나 이런 데서 무슨 자세한 내용이나 알게 되나 하여 두근거리는

---

*노상 : 길바닥.
*맥고모 : 밀짚이나 보릿짚으로 만들어 여름에 쓰는 모자.

가슴을 누르며 긴장한 낯으로 그를 쳐다보고 있는 것인데, 그는,

"아, 내 조상께서도 모르고 지낸 윗대 조상을 근일에 와서 상고*했구려."

이런 엉뚱한 소리를 하였다.

나는 너무 어이없어 어리둥절해 있노라니,

"왜 그루, 어디 편찮우."

한다. 괜찮으니 얼른 마저 이야기하라고 하니,

"아, 이럴 수가…… 온, 내 조상이 대체 신라적 화랑이구려!"

하고 혼자 감개해서 못 견디는 모양이었다. 그건 또 어떻게 알아냈느냐고 한즉, 근일에 여러 가지 서적을 상고하던 중 우연히 발견하게 된 것이라 하였다.

황 진사를 광화문통에서 만난 뒤, 두 달이 지난 어느 날 나는 숙모님을 모시고 병원에 갔다가 총독부 앞에서 전차를 내려 필운동으로 들어가노라니 '모루히네' 환자 치료소 옆에서 하마터면 못 보고 지나칠 뻔하다가 그를 보게 되었다.

머리가 더부룩한 거지 아이 몇 놈과, 아편 중독자 몇과 그 밖에 중풍쟁이, 앉은뱅이, 수족 병신들이 몇 둘러싼 가운데에 한 두어 뼘 길이쯤 되는 무슨 과자 상자를 거꾸로 엎어 놓고, 그 위에 삐쩍 마른 두꺼비 한 마리와, 그 옆의 똥그란 양철통에 흙빛 인고약을 넣어 두고 약 쓰는 법을 설명하는 위인이 있다.

*상고(詳考): 꼼꼼하게 따져서 검토하거나 참고함.

"두꺼비 기름, 두꺼비 기름, 에헴, 두꺼비 기름이올시다. 옻 오른 데도 쓰고, 옴 오른 데도 쓰고, 둥창, 둔창, 화상, 동상, 충치, 풍치, 이 앓는 데도 쓰고, 어린애 귀젓* 앓는 데, 머리가 자꾸 헐어 '하게 아다마'*가 되랴는 데, 남녀노소, 어른, 애, 계집 사내 할 것 없이, 서울내기 시굴떠기 물을 것 없이, 거저 누구든지 헌 데는 독물을 빼고, 벌레가 먹는 데는 벌레를 내고, 고름이 생기는 데는 고름 뿌리를 빼고, 살이 썩는 데는 거구생신*을 하고, 자, 깊이깊이 감춰 두면 반드시 한 번씩은 찾게 되는 약, 첩첩이 싸서 깊이깊이 넣어 두면 언제든지 한 번은 보배가 되는 약! 자아, 두꺼비 기름이올시다. 두꺼비 코에서 짠 두꺼비 기름, 자, 그러면 이 두꺼비가 얼마나 무서운 신효가 있는가를 여러분의 두 눈 앞에 보여 드릴 터이니까 단단히 보시오."

그는 약물에다 흙빛 고약을 찍어 넣어서 저으며,

"자아, 단단히 보시오, 우리 몸에 있는 썩은 피가 두꺼비 코끝만 들어가면 그만 이렇게 홍로일접설, 봄철의 눈과 같이 흔적도 없이 사라져 버립니다!"

하고, 약물 접시를 들어 여러 사람 앞에 한번 내두르고 나서 기침을 한 번 새로 하더니,

---

*귀젓 : 귓속에서 고름이 나오는 병.
*하게 아다마 : '벗겨진 이마'를 뜻하는 일본어.
*거구생신(去舊生新) : 묵은 것은 사라지고 새 것이 생겨 남.

"여러분, 여기 계시는 이분은 우리 조선에서 유명한 선생이올시다. 그런데 선생께서는 두 달 전부터 충치를 앓으셔서 병석에 누워 계시다가 이 약으로 말미암아 어저께 벌레를 내고 오늘부터 이렇게 이곳까지 나와 주시게 되었습니다."

하고, 궐자*가 손으로 가리키는 바로 그 곁에는 전날에 보던 그 검정색 안경을 쓴 우리 황 진사가 점잖게 먼 산을 바라보고 앉아 있었다.

궐자는 다시 말을 이어,

"선생께서는 또 이 방면에 대한 연구가 대단히 깊으실 뿐 아니라, 곰의 쓸개, 오리의 혀, 지렁이 오줌, 쥐의 똥, 고양이 간 같은 걸로 훌륭한 약을 지어서 일만 가지 병마를 퇴치시킬 수도 있는, 말하자면 이인*과 같은 능력을 가지신 어른이올시다!"

할 즈음에 순사가 왔다. 에워싸고 있던 거지, 아편쟁이, 수족 병신들은 각기 제 구석을 찾아 헤어졌다.

이 꼴을 보신 숙모님은 나에게 눈짓을 하시며 앞서 가셨다. 나도 숙모님 뒤를 쫓아 한참 오다 돌아본즉, 아까 연설을 하던 작자는 빈 과자 상자에 마른 두꺼비와 고약통을 담아 가슴에 안고, 황 진사는 점잖게 두 손을 두루마기 옆구리에 찌른 채 순사를 따라 건너편 파출소를 향해 걸어가고 있었다.

*궐자 : '그'를 낮추어 이르는 말.
*이인 : 재주가 신통하고 비범한 사람.

밀다원 시대

　부산진에 들어서면서부터 기차는 바다로 미끄러지지 않기 위하여 몸을 뒤로 뻗대었다. 초량역에서 본역까지는 거의 한걸음을 재듯 늑장을 부렸다.

　이중구(李重九)는 팔목시계를 보았다. 6시 20분, 어저께 3시 15분 전에 탔으니까 꼭 스물일곱 시간하고 35분이 걸린 셈이다. 스물일곱 시간하고 35분. 그렇다. 그동안 중구의 머릿속은 줄곧 어떤 '땅 끝'이라는 상념으로만 차 있는 듯했다. 끝의 끝, 막다른 끝, 거기서는 한 걸음도 더 나갈 수 없는, 한 걸음만 더 내디디면 '허무의 공간'으로 떨어지고 마는, 그러한 최후의 점 같은 것에 중구의 의식은 완전히 사로잡혀 있는 듯했다. 그것은 승객의 거의 전부가 종착역인 부산을 목적하고 간다는 사실 때문만은 아니었다. 부산이 이 선로의 종점인 동시, 바다와 맞닿은 육지의 끝이라는 지리적인 이유 때문만도 아니었다. 또, 그 열차가 자유의 수도 서울을 출발지로 하고, 항도 부산을 도착점으로 하는 마지막 열차라는 이유 때문만도 아니었다. 이러한 이유를 다 합친 그 위에 또 다른 이유가, 무언지 더 근본적이며 더 절실한 이유가 있는 듯했다.

그러나 중구는 그것을 알 수도 없었을뿐더러 생각하기조차 싫었다. 그런 채 그는 다만 기차에서 내렸다. 기차에서 내리는 것까지는 어려운 문제가 아니었기 때문이었다. 그것은 서울을 떠날 때 이미 예정되었던 행동이었고, 또, 기차는 이 예정에서 벗어나거나 바다에 빠지지 않기 위하여 부산진에서부터 목이 쉬도록 울며 조심조심 기어 온 것이 아닌가. 폼에 내렸을 때까지는 아직도 약 2천 명에 가까운 동지들이었다. 적어도 그들은 51년 1월 3일이라는 최후의 시간까지 자유의 수도를 지킨 같은 겨레의 같은 시민들이요, 같은 시간에 같은 차로 같은 목적지에 내린, 같은 '운명체'인 것이다. 그들의 살벌한 두 눈에도, 위엄 있는 몸집에도, 간사스런 미소에도, 그들이 아직 폼에서 발을 옮기고 있는 동안까지는 다 같이 '동지'로 통해 있었다.

그러나 한번 출찰구를 빠져나와 그 넝마전 같은 역마당에 발을 들여놓는 순간부터 약속이나 한 것처럼 그들의 얼굴에서 '동지'는 어느덧 다 죽어 버렸다. 출찰구를 통과함으로써 '동지'는 절로 해산이었다. 그리고 해산은 동시에 새로운 자유를 의미하는 것이기도 했다.

중구는 이 '새로운 자유'를 안고 출찰구 밖으로 던져진 채 한순간 전의 '동지'들이 이제는 모두 남이 되어 돌아가는 광경을 물끄러미 바라보고 있었다.

모두들 어디로 저렇게 찾아가는 것일까? 중구는 그것이 신통해서 견딜 수 없었다. 그들이 모두 부산에 친척을 가진 사람들이 아니란 것은 중구로서도 장담할 수 있었다. 그렇다고 해서 그들이 본시 부산 사람들일 리 없음도 또한 말할 나위 없었다. 그렇다면 그들은 모두 어디로 가는 것일까. 어찌하여 그들은 출찰구를 빠져나오자마자 그렇게 쓱쓱 찾아갈 곳이 있단 말인가. 어찌하여 그들은 한순간에 '동지'에서 벗어나 그렇게 용감하게 자유로 행동할 수 있단 말인가. 그들은 이 부산이 '끝의 끝', '막다른 끝'이란 것을 모른단 말인가. 이 '끝의 끝', '막다른 끝'에서 한 발짝이라도 옮기면 바다에 빠지거나 '허무의 공간'으로 떨어진다는 것을 잊었단 말인가. 그렇지도 않다면 정녕 이 '끝의 끝', '막다른 끝'까지 온 사람은 중구 자신뿐이란 말인가. 그렇다고 하더라도 어쩌면 이렇게 2천 명도 넘는 사람 가운데 중구 자신과 같이 서성대고 두리번거리는 사람은 하나도 없이 모두들 그렇게 용감하게 찾아갈 곳이 있단 말인가. 이것은 기적이다. 엄청난 기적이다. 중구는 혼자 속으로 이렇게 뇌까리며 저도 모르게 와아 몰려가고 있는 행렬을 따라 어슬렁어슬렁 발을 옮겨 놓았다. '저도 모르게', 그렇다, 그것은 '동지'의 관성이었는지도 몰랐다.

중구가 '저도 모르게' 또는, '동지의 관성'으로 이 '기적'의 행렬 속에 휩쓸려 막 전찻길을 건너서려 할 때였다. "이 형은 어디 갈 데 있어요?" 하는 소리가 왼쪽 귓전을 울렸다. 자줏빛 머플러에 손가방 하나—그것이 중구의 것보다 좀 반짝거리고 배가 불러 보이기는 했지만—를 든 K통신사의 윤(尹)이었다. 중구는 언제나 하는 버릇대로 카키 빛 털실 장갑을 낀 왼쪽 손으로 입을 가려 보임으로써 말씀 아니라는 뜻을 나타낸 다음, 이번에는 와아 몰려가고 있는 '동지'들을 턱으로 가리키며, "모두들 어디로 가는 겁니까?" 하고 되물어 보았다. 윤은 입술을 꼭 다문 채 의미 있는 듯한 웃음을 띠어 보이며, "다 갈 데가 있는 모양이지요" 할 뿐이었다. 전찻길을 건너섰다. 이번에도 중구가 또 물었다. "윤 형은 어디로 가시오?" 이것은 그냥 인사가 아니다. 왜 그러냐 하면 아까 윤이 중구에게 먼저 이렇게 물었을 때는, 아는 사람 사이에 건네는 지나가는 인사일 수도 있었지만, 지금 중구와 같이 자기의 처지를 이미 알려 버린 다음에는, 어디 좀 같이 따라갈 수 없겠소, 하는 의미를 내포하고 있기 때문이었다. 윤은 먼저와 같이 입술을 꼭 다문 채 입 안에 소금을 머금은 듯한 웃음을 띠어 보이며, "우리 같은 놈이야 별수 있소? 염치 불고하고 통신사 지국을 찾아가는 길이지요" 한다. 이 '염치 불고'는 중구를 경계하기 위하여 덧붙인 말인지도 몰랐다. 그러나 그것이 중구에게는 도리어 반대적인 효과를 나타내었다. 중구도 '염치 불고'에 한몫 끼기를 '염치 불고'

하고 희망했기 때문이다. 윤은 세 번째 그 소금을 씹고 있는 듯한 야릇한 웃음을 지어 보였다. 그뿐이었다. 승낙도 거절도 따로 있는 것이 아니었다. 이 경우 중구는 이것을 승낙으로 취하는 자유를 행사하고, 잠자코 그의 뒤를 밟아 가면 되었다.

K통신사의 지국은 보수동이었다. 윤과 중구가 인도받아 들어간 곳은 넓이가 서너 칸이나 남짓 되어 보이는 지국 사무실이었다. 윤은 "할 수 없지, 여기라도 자지 어떡해?" 했다. 중구도 "그럼" 했다. 윤은 또 저녁을 사 먹으러 나가지 않겠느냐고 묻는 것을 중구는 싫다고 했다. 나중, 윤이 저녁을 마치고 오는 길에 조그만 소주병 하나를 들고 와서 한 컵 하지 않겠느냐고 하는 것을 중구는 또 싫다고 했다.

테이블 4개를 한데 붙여서 탁구대 모양으로 만들고, 오버도 입은 채, 털모자도 쓴 채, 중구는 그 위에 자기의 몸을 뉘었다. 어디서인지 문풍지 우는 소리 같기도 하고 피리 소리 같기도 한 것이 울려왔다.

지국장이 불 붙인 초 한 자루를 내어다 주며, "주무실 때는 끄고 주무시이소" 했다. 윤이 고맙다고, 대신 인사를 했다.

중구는 중구대로, 저 촛불이 켜진 공간만큼은, 이 시커먼 얼음 덩이에도 구멍이 나리라고 생각해 보았다. 어쩌면 벽의 얼음도 조금씩은 녹아내릴는지 모른다고 생각하며 고개를 들어 유리문을 바라보았다. 그러나 다음 순간 그 컴컴한 어둠 속에 서 있는 검은

얼음장은 어느덧 중구를 위하여 자장가를 불러 주는 시꺼먼 곰이
되어 버렸다.

중구는 꿈인지 아닌지 분간할 수도 없는 상태에서 몇 번이고 자
기가 벼랑에 붙어 있는 거라고 느껴졌다. 천 길 벼랑에 붙어 있는
거라고 느꼈다. 천 길 벼랑에서 떨어지면, 그 밑은 쉰 길 청수라는
것이었다. 그것이 아무런 연결도 비약도 없이 그대로 기차이기도
했다. 기차는 상당히 경사가 심한 내리막을 달리고 있었다. 기차
는 이미 어떠한 방법으로도 정지를 시킬 수 없다는 것이었다. 브
레이크가 듣지 않는 자전거가 내리막으로 쏠리는 것보다도 더 무
서운 속력으로 바다를 향해 달리고 있다는 것이었다. 그때마다 기
차가 미처 바다에 빠지기 전에 중구의 의식과 잠재의식은 혼선이
되며, 자기의 몸은 지금 벼랑인지도 모르고 테이블 끝인지도 모르
는 데서 떨어지려 하고 있다고 느껴지는 것이었다. 이러한 의식과
잠재의식의 혼선 상태는 밤새도록 무수히 되풀이되곤 하였다.

그러면서도, 중구는 그가 부산에 와 있다는 사실과 K통신사의
지국 사무실에서 자고 있다는 사실과, 윤과 함께 누워 있다는 사
실을, 의식과 잠재의식의 틈바구니 사이에서 한번도 의식하지 못
한 채였다. 그만큼 그의 심신은 피로해 있었다.

샐 무렵이 되어, 창장*도 없는 유리문―그것이 곧 사무실의 출
입문이기도 했지만―에 어린 희부연 새벽빛을 바라보자, 동시에

* 창장 : 창에 두르는 휘장.

그의 의식은 현실로 점화되었다. 그것은 섬광처럼 빨랐다. 순간에 그는, 곁에 누워 있는 윤을 의식하고 K통신사의 지국 사무실을 의식하고, 테이블 위를 의식하게 되었다. 그뿐 아니라, 거의 같은 순간에 서울 원서동 막바지 조그만 고가(古家) 속의 냉돌방에 홀로 버려두고 온, 천만(喘滿)으로 지금도 기침을 쿨룩거리고 있을 늙은 어머니와, 충청남도 논산인가 하는 데에 그 친정붙이를 의탁하여, 어린것까지 이끌고 찾아 내려간 아내의 얼굴이 한꺼번에 확 불 켜지듯 했다. 이틀이나 끼니를 놓았을 어머니는 지금쯤 벌써 목에 해수*를 끓이며 죽을 시간을 기다리고 늘어져 있을 것이다. 어린 딸년은 그 복잡하고 살벌한 차 속에서 사람에게 밟히고 짐에 치이고 하다 굴러 떨어져 죽은 것이나 아닐까, 중구가 지금까지 부산을 '끝의 끝', '막다른 끝'이라고 생각해 온 것이, 지금 누워 있는 K통신사 지국 사무실의 잠자리가 춥고 불편하다는 뜻이 아님을 깨달았다. 어디서인지 또 바람 소리도 같고 젓대* 소리와도 같은 것이 들려왔다.

"이 형은 그래 문단에 그만치라도 이름이 있으면서 부산에 그렇게도 아는 사람이 없단 말이오?" 윤이 구두끈을 매며 중구에게 물었다. "글쎄 갑자기 생각이 나지 않아서…… 오늘 밀다방이래나 하는 데를 나가 봐야지……" 하고, 중구는 혼잣말처럼 받아넘

*해수 : 기침.
*젓대 : 대금.

기기는 하였으나, 실상은 '갑자기'가 아니요, 여러 날 두고 생각해 보았고, 차에 오르는 동안에도 줄곧 생각해 본 것이 이꼴이었다. 그는 본디 주변머리도 없었지만, 부산엔 또한 아무런 연고도 연락도 없었던 것이다. 오늘 아침, 지국장에게서, "서울서 온 문화인들은 모두 밀다원에 모인다지요" 하는 소리를 듣지 못했던들 그는 지금만큼도 활기 있게 지국 문을 나서지 못했을 것이었다.

'밀다원'은 광복동 로터리에서 시청 쪽으로 조금 내려가서 있는 2층 다방이었다. 아래층 한쪽에는 '문총' 간판이 붙어 있었다. 간판 바로 곁에 달린 도어를 밀고 들어서니 키가 조그맣고 얼굴이 샛노란 평론가 조현식(趙賢植)과, 그와는 반대로 키가 훨씬 크고 얼굴빛이 시뻘건 허윤(許允)이 테이블 앞에 서 있었다. 그들은 중구를 보자 반가운 얼굴로 손을 내밀었다. "당신도 왔군" 하는 것이 조현식이요, "결국 다 오는군요" 하는 것은 허윤이었다. 중구는, 친구란 것이 이렇게도 좋고 악수란 것이 이렇게도 달고 향기로운 술과도 같이 전신에 퍼져 흐를 수 있다는 것을 처음으로 깨달았다.

짐은 어쨌느냐, 가족은 어딨느냐, 차편은 무엇을 이용했느냐, 지난밤은 어디서 잤느냐 하는 두 사람의 연속적인 질문에 중구는 통틀어 간단히 대답하고, 다시 낯 수건과 칫솔과 내복 한 벌과, 그리고 어머니의 사진 한 장이 들어 있는 다 낡은 손가방 하나를 꺼뜩 들어 보이며, 이것이 전부라고 설명을 첨가했다.

현식은, 2층의 다방으로 중구를 인도했다. 층계를 반쯤이나 올라갔을 때부터, 다방에서 나는 사람들의 말소리가 왕왕거리는 꿀벌 떼 소리같이 그의 고막을 울렸다. 중구는 가슴이 두근거렸다. 그는 한순간 발을 멈춘 채, 무엇이 그를 이렇게 즐겁게 하고 흥분시키는 것인가를 생각해 보았다.

"시골 사람처럼 무얼 그렇게 머뭇거리고 있어?"

먼저 다방에 발을 들여놓은 현식의 편잔이었다. 중구는 카키 빛 털실 장갑을 낀 왼손으로 또 입을 가림으로써 현식의 편잔을 막아 내는 시늉을 내었다.

다방 안은 밝았다. 동남쪽이 모두 유리창이요, 거기다 햇빛을 가리게 할 고층 건물이 그 곁에 없었기 때문이었다. 한가운데는 커다란 드럼통 스토브가 열기를 뿜고 있고 카운터 앞과 동북 구석에는 상록수가 한 그루씩 놓여 있었다. 그리고 얼른 보아 한 20개나 됨 직한 테이블을 에워싸고 왕왕거리는 꿀벌 떼는 거의 모두가 알 만한 얼굴들이었다. 중구는 일일이 돌아가면서 인사를 하기가 쑥스러우므로, 가까이 앉아 있는 친구들이나 또는 저쪽에서 일어나 다가온 친구들과만 악수를 하고, 멀리 있는 사람들에게는 목례와 점두*로써 인사를 치렀다.

"이 양반 그새 시골 사람 다 됐어, 무얼 그렇게 자꾸 두리번거리고 서 있어?"

* 점두(點頭) : 머리를 약간 끄덕임.

현식이가 두 번째 주는 편잔이었다.

중구는 악수를 끝내고 자리에 앉았다. 그러자 화가 송시명(宋時明)과 여류 작가 길선득(吉善得) 여사가 몰려와서 테이블을 에워싸고 함께 앉았다. 언제 왔느냐, 가족은 어쨌느냐, 하는 것으로 질문은 또다시 시작되었다. 중구는 먼저와 같이 통틀어 간단히 대답을 했다. 커피가 왔다. 현식은 중구에게 같이 들자는 인사도 없이, 자기 앞에 놓인 커피잔을 들어 한 모금 먼저 훌쩍 마시고 나더니, 오버 주머니에서 담배를 끄집어내었다. 일체 사교적인 사령*이나 형식적인 인사를 통 모를 뿐만 아니라, 가다가는 마땅히 필요한 예의까지도 가급적으로 무시하자는 것이 그의 취미요, 성격인 듯했다. 이러한 그의 위험하기 짝이 없는 '취미'와 '성격'이, 그러나, 의외로 오해를 많이 사지 않는 것은 그의 조그맣고 샛노란 얼굴에 아예 욕기(慾氣)가 조금도 없이 보이기 때문인 듯했다.

"아이고 세상에 인심도 무세라" 하고, 경남 출신인 길 여사가 경상도 사투리로 익살을 부리자, 여러 사람들이 "와아" 하고 소리를 내어 웃었다. "안 되겠심더, 우리도 이러다가는 굶어 죽겠심더" 하고, 길 여사는 사람 수대로 커피 여섯 잔을 더 시켰다. 중구는 여러 친구들의 "식기 전에"라는 권고에 의하여 아직도 김이 모롱모롱 오르는 노리끼리한 커피를 들어 입술에 대었다. 닷새 만이다. 한 10년 동안 시베리아 같은 데 유형살이를 하다 돌아와서 처

---

*사령 : 남을 응대하는 반드레하게 꾸미는 말.

음으로 커피를 입에 대어 보는 듯한 느낌이었다. 그렇게도 커피의 한 모금은 그의 가슴속에 쌓이고 맺혀 있던 모든 아픔을 한꺼번에 혹 쓸어내려 주는 듯했다. 중구는 입이 헤벌어지며, 곧장 바보 같은 웃음이 터져 오르는 것을 어찌할 수도 없었다. 사람이란 무엇일까요, 하고, 몇 번이나 입 밖에까지 말이 튀어나오려는 것을 그는 간신히 참았다.

커피 여섯 잔이 새로 왔다. 현식은 말없이 자기 앞에 두 번째 놓인 커피 잔을 테이블 한가운데 옮겨 놓았다. 자기에게는 소용이 없다는 뜻이었다. 중구도 두 잔째니까 사양을 했으나 이번에는 길 여사가 듣지 않았다.

"평론가가 내는 차는 먹고, 본인이 대접하는 차는 거절하신다는 것은 너무나 불공평해요."

길 여사의 항의에 장단을 맞추듯, 송 화백이 또한 손바닥을 내밀며 '빨리 드십쇼' 하는 제스처를 부렸다. 중구도 입에 손을 가져감으로써 제스처에 응수를 했다. 중구의 이 제스처는 이미 유명한 것이어서 때로는 곤란하다는 듯, 때로는 거북하다는 듯, 때로는 죄송하다는 듯, 그 밖에 수줍다는 듯, 고깝다는 듯, 천만의 말씀이라는 듯, 이러한 모든 델리키트한* 감정과 의사 표시를 대변하는 것이었다.

"다방은 어느 날까지 열렸어요?"

*델리키트한 : 미묘한, 섬세한.

이번에는 커피당인 송 화백이 물었다. 29일까지든가 30일날까지든가, 아무튼 그믐께부터는 거리에 다니는 사람이라곤 거의 볼 수도 없었으니까, 나중은 병자 노인들까지 모두 들것에랑 리어카에랑 태워서 나오는데, 아이유 하며, 또 입에다 손을 가져갔다. 순간 그는 그렇게 해서라도 모셔 오지 못한 그의 어머니의 생각이 가슴에 질렸던 것이다.

그때 허윤이 '문총' 사무실에서 2층으로 올라왔다. "허 형, 이리 오시오" 하고, 현식이 좋은 수나 있다는 듯이 소리쳤다. 허윤이 무슨 영문인지 모르고 빙긋이 웃으며 곁에 와 서니까, 현식은 "당신들 둘이 잘됐소" 한다. 무슨 말인가 하고 있으니, "허 형은 어린 애들을 길에 흩어 버리고 혼자 왔다지, 이 형은 지금 어머니를 서울에 버려두고 왔대잖아", 그러니 비슷한 처지에 서로 위안이 되리라는 뜻이다. 그 자리에 있던 음악가 안정호(安定浩)와 송 화백은 조금 웃어 주었으나 허윤과 중구는 웃지 않았다. 다만 길 여사만이 중구의 흉내를 내느라고 왼쪽 손을 입에 갖다 대었을 뿐이다. 길 여사는 이미 나이도 오십이 넘고, 또, 하와이로 미국으로 여행도 여러 번 하고 돌아온 부인이라, 자기 자신이 손해를 보아 가면서도 그 자리의 분위기와 남의 감정 혹은 체면 같은 것을 다치게 하지 않으려고, 서툰 제스처와 사교적인 사령을 서슴지 않는 사람이었다. 이 점에 있어, 별반 악의도 없을 뿐만 아니라, 오히려 호의에 가까운 심정으로 남의 아픈 데를 콕콕 찔러 주는 조현식

평론가와는 어디까지나 대척적이기도 했다.

점심때가 되었다. 길 여사가 '우동'을 사겠다고 했다. 일행은, 중구를 주빈으로 하고, 조현식, 허윤, 송 화백, 박운삼(朴雲森), 그리고 길 여사, 모두 여섯 사람이었다. 안정호가 다른 약속이 있어 빠지게 되고 그 대신 박운삼이 끼인 것이다. 박운삼은 시인이었다. 그는 처음 잘 보이지 않는 구석 자리에 혼자 '벽화'같이 앉아 있었으나 이들과는 본디 가까운 사이요, 또, 그의 하도 서글픈 표정으로 앉아 있는 꼴이 마음에 걸려서 중구가 특별히 그를 일행 속에 끌어들였던 것이다.

박운삼은 우동집에서나, 우동을 마치고 나서나 처음부터 끝까지 말이 없었다. 본시 좀 침울한 성격이기는 했으나, 6·25 이전에는 그렇게 벙어리처럼 말이 없는 위인도 아니었던 것이다. 그것이 저렇게 실의한* 사람같이 말없이 앉아 있는 것을 보면 무슨 곡절이 있는 듯도 했다. 그러나 아무도 그의 곡절에 대하여 특별히 관심을 가지거나 해명을 해 보려는 사람도 없었다.

그날 밤은 조현식을 따라가 잤다. 조현식의 집은 남포동에 있었다. '항도 의원(港都醫阮)'이라는 병원 간판이 붙어 있는 일본식 건물들이었다. '경남여중' 교원에 현식의 친구가 있어, 그 친구의 소개로 이 병원의 2층 입원실 한 칸을 얻어 들게 되었다는 것이었

*실의한: 뜻이나 의욕을 잃은.

다. '사조 반'짜리 다다미*였다. 거기다 '오시레'*가 동쪽 북쪽 두 면에 붙어 있어서 상당히 쓸모 있는 방이었다.

북쪽 '오시레'에는 침구와 옷보퉁이와 트렁크와 책상자와 그 밖에 너저분한 피난살이 짐짝들이 들어 있고, 동쪽 '오시레'는 친척들의 침실로 사용되고 있다는 것이었다.

가족은 조현식 부처와 아기 둘과, 어머니와, 과수* 누이에 그 아기와 현식의 오촌 조카 이렇게 여덟 사람이었다. 여기다 또 그의 사촌 동생이 이따금 와서 잔다는 것이었다.

중구가 현식을 따라 들어갔을 때는 이 집 주인(의사)의 아들까지 합쳐서 남녀노소 십여 명이나 되는 사람들이 모여 앉아서 할머니와 어린 손자들은 옛날이야기를 하느라고 자지러져 있고, 젊은 사람들은 윷놀이에 법석을 피우는 판이었다.

그들이 들어가자 윷놀이는 곧 걷어치워졌다. 현식의 부인과는 서울서부터 가족처럼 잘 알던 사이였으나 그 누이와 오촌 조카, 사촌 동생들은 모두 처음 보는 얼굴들이었다. 그렇다고 해서 현식이 중구를 그들에게 소개를 시키는 것도 아니었다. 방면이 다르고 계제가 다른데 우연히 자리를 같이했다고 해서 그러한 형식적인 수속을 치를 필요가 있겠느냐 하는 것이 조현식의 그 어떻게 할

* 다다미 : 마루방에 까는 일본식 돗자리.
* 오시레 : '벽장'을 뜻하는 일본어.
* 과수 : 과부.

수 없는 성격이요, 취미인 듯했다.

"저기 가서 소주 한 병하고 오징어 좀 사 오너라" 하고 현식은 국민학교에 다니는 그의 아들 아이에게 돈 천 원을 내어 주었다.

"모친께서는 지금 어디 계세요?"

하고, 현식의 부인이 술상—겸 밥상이지만—을 보며 중구에게 물었다. "서울 계십니다" 하며, 중구는 현식의 모친을 한 번 흘끗 보았다. 과연 현식의 모친은 중구의 "서울 계십니다" 하는 말에 놀란 듯한 얼굴로 중구를 바라보았다. 그럼 어머니를 버리고 온 것 아니냐 하는 듯한 얼굴이었다. 갑자기 중구는 목젖이 뿌듯하게 아파짐을 깨달았다. 그럼 부인은 어떻게 됐느냐고, 또 현식의 부인이 물었다. 어린 년(딸) 하나를 데리고 충청도 저의 오라범 댁으로 찾아 내려갔다고 한즉, 부인은 또, 그럼 서울에는 어머니 혼자만 계시는구먼요 하는 것이 흡사, 이것으로 심문을 끝내는 동시에 너에게는 불효자란 이름을 선언한다—하는 말같이 중구에게는 들렸다.

조현식은 본시 술이 약했다. 그 대신 그의 사촌 동생이 상당한 술꾼이었으므로 중구는 그를 상대로 소주 한 병을 거의 다 마셔 버렸다. 처음엔 목젖이 뜨끔뜨끔 아프던 것이 한 잔 두 잔 소주가 들어가면서부터 그것도 씻은 듯이 가셔 버렸다. 다만 그의 입에서는 어떤 동기와 무슨 목적으로서인지도 모르게 다음과 같은 넋두리가 흘러나오고 있었다.

"돈만 있었으면 나도 사실 어머니를 모시고 부산에 올 수 있었어. 원고료 몇 푼씩 받아서 그때그때 연명을 해 오던 우리 처지에 6·25를 치르고 9·28*을 당했으니 깨끗이 빈손이지 어떡해? 사실 원서동의 그 오막이라도 팔까 했지만 섣달 초승께부터 벌써 슬금슬금 남하가 시작되는 판인데 팔기는 어떻게 팔어? 섣달 스무날이 넘어 처가 딸년을 데리고 충청도 저의 오라범을 찾아간다고 했지만, 그것도 부모 없는 친정이요, 평소에 의까지 좋지 못했는데 정 할 수 없어, 죽여 줍시사 하고, 찾아가는 판인걸. 거기다 어머니까지 붙여 보낼 수가 있나, 또, 붙여 보낼래니 그만한 밑천이 있나? 어머니는, 조 형도 알지만, 벌써 오래된 천만병으로 보행은 어림도 없고, 기차나 자동차도 복잡하게 밀고 밟고 하는 판에는 도저히 5분도 견디지 못하시지, 리어카나 달구지 같은 것을 구해서 그 위에 타시게 하고 내가 끌어 볼 수는 있겠는데, 내 주변으로는 그거 하나 구하기도 하늘에 별 따긴데 게다가 어머니는 찬 바람만 쐬면 그냥 기침이 연발하여 숨이 막히시는 판이니 그러다가는 노상에서 지레 죽으실 것 같고……. 또 어머니가 한사코 움직이지 않으려고만 하시니 괜히 끌어내다 길에서 지레 죽이려느냐고, 이왕 죽는다면 집 안에서 이불 덮고, 편안히 누워 죽는 것이 얼마나 나으냐고, 그리고 집 안에는 아직 연료와 식량이 다 남아 있으니 정 급하면 일어나 끓여 먹을 수도 있는데 왜 죽음을 사서

*9·28 : 서울 수복.

나가겠느냐고…….”

그래서 중구도 차마 혼자 버려두고 떠날 수가 없어 마지막 날까
지 서울서 버티다가 1월 3일의 최종 후퇴에 뛰어들고 말았다는 것
이다.

중구 들의 술상이 치워졌을 무렵에는 동쪽 ‘오시레’는 이미 이
중 침실로 화한* 뒤였다. 현식의 누이 모자(母子)가 ‘오시레’의 아
래층으로 들어가자 오촌 조카는 2층으로 올라가 눕고, 그러고는
‘후수마’*가 닫히는 것이었다.

중구가 자리에 누워 눈을 감았을 때 무슨 슬픈 안개를 뿜는 듯
한 뱃고동 소리가 들려왔다. 그와 동시에, 어젯밤 K통신사 지국
사무실의 테이블 위에 누웠을 때 들려오던, 그 ‘문풍지가 우는 듯
한’ ‘피리 소리’ 같기도 하던 그것이 바로 이 뱃고동 소리였구나 하
는 생각이 들었다.

이튿날 아침밥을 끝내자 중구는 또 그 낮 수건과 칫솔이 들어
있는 낡은 손가방 하나를 든 채, 현식과 함께 밀다원으로 나왔다.
“오늘은 오 형이 나올라고 했으니 어쩌면 이 형 숙소가 해결될 겝
니다.” 조현식의 말이었다. “부산 있는 문인이 누구누굽니까?”
하고, 중구가 물었다.

물론 중앙 문단에 알려진 사람을 말하는 것이었다. “있기는 네

*화한 : 바뀐.
*후수마 : ‘미닫이창’을 뜻하는 일본어.

댓 명 있지만 다 소용없어요." 조현식의 대답이었다. "하기야 이 꼴 돼 오면 반갑다고 할 사람 없겠지." 중구가 도리어 현식을 위로 하는 말투였다. 그들이 마찬가지로 서울서 피난 온 사람들이면서 도 이렇게 현식이 주인 행세를 하고 중구가 손님 노릇을 하는 것 은 현식이 먼저 내려와 방을 잡았다는 이유만은 아니다. 현식의 아내가 첫째 이 지방 사람인 데다, 그는 또 문총 사무국을 맡아 있 는 관계로 각 지방에 많은 유기적인 동지들을 가지고 있었기 때문 이었다.

"당신 전필업(全弼業)이 알지?" 현식이 물었다. "내 아는 사람 은, 전필업이하고 오정수(吳楨洙)뿐이야." 중구가 대답하자, "당 신 전필업이하고는 상당히 친했지?" 하고, 현식이 꼭 심문을 하 듯이 묻는다. "오정수만치는 친했던 편이지." 그러자, 현식은 여 기서 말을 뚝 끊어 버리고 커피를 훌쩍 마시더니 담배에 불을 붙 여 물고 의자에 비스듬히 자빠져 버린다.

"그래, 전필업이 만났소?" 중구의 묻는 말에 현식은 한참 동안 담배만 피우고 있더니, 담배의 재를 떨굴 겸 상체를 일으키며 한 1주일 전에 여기서 만났다고 한다. "내 말 하던가?" 하고 또 중구 가 묻는데, 현식은 이에 대한 대답은 없고, "그날도 나는 마침 이 자리에 앉아 있었는데, 내가 무심코 고개를 드니까 그는 이미 저 쪽 들어오는 문 앞에 서서 나를 빤히 바라보고 있더군. 나는 처음 저 친구 너무 반가운 나머지 어쩔 줄 몰라서 저러고 있나 보다 했더니, 종시 움직이지 않고 그냥 서서 나를 빤히 바라보고만 있잖아? 나는 웃는 얼굴로 손을 들어 보이며 전 형 하고 불렀지, 그랬더니 그는 그냥 그 자리에 선 채 고개만 까딱하잖아, 묘한 녀석이라 생각하고 그냥 내버려 두었더니, 나중 저쪽, 내 모르는 신문 기자들 있는 자리에 가서 같이 앉았다가 그냥 쓱 나가 버리더군, ……그것까지는 또 존데, 그리고 며칠 지난 뒤 그 자가 허 형(허윤)을 보고 하더란 말이 걸작이야, 이렇대. 지금까지는 서울 있는 놈들이 문단을 리드해 왔지마는 지금부터는 부산이 수도로 됐으니까 재부(在釜) 문인들이 문단의 주도권을 잡아야 한대, 그래서 이번에는 중앙 문인들이 재부 문인들 앞에 머리를 수그리고 나와 문안을 드릴 때까지 이쪽에서는 버티어 줄 작정이라는 거야."

조현식은 그 샛노랗고 바짝 마른 얼굴에 표정 하나 없이 담담한 어조로 이야기를 끝내자, 담뱃불을 비벼 끈다.

"주도권이란 건 뭐고?" 하고 중구가 묻는다.

"모르지, 아마 신문 잡지 같은 데다 글 발표할 수 있는 권리를 말하는 것 같애." "그렇다면, 하긴, 전필업이한테는 필요하겠군, 우리야 뭐 별로 발표할 글도 없고 하니, 필요한 사람들이 가지면 되잖아." "그렇다고 해서 누가 무얼 써 달라고 하더라도 전필업이를 위해서 우리는 집필을 거절한다거나 유예해야 한다는 이유도 없잖아?" "그거야 물론이지." "그렇다면 문제는 또 복잡해지거든. 왜 그러냐 하면 우리도 쓰고 전필업이보다 우리를 상대하게 되면 어떡허느냐 말이지." "그거야 할 수 없지 어떡해?" "그러나 결국 문제는 거기 봉착되고 마는 거야, 전필업이가 주도권을 가지 겠단 말은 우리와 그가 같이 글을 쓰더라도 사회가 우리보다 그를 상대하도록 해 달라는 거야." "해 주긴 또 누가 어떻게 해 준단 말 인고?" "해 주지 않으면 제가 그렇게 만든다는 거지." "만들다니, 어떻게?" "그걸 알고 싶거든 전필업이가 내는 『항도문학』이란 주 간 신문을 좀 보시오. 거기 중앙서 내려온 문인으로서 글줄이나 바로 쓰는 현역 가운데 벌써 욕먹지 않은 사람이 몇이나 있는가? 그 위에다 좀 더 유력한 문인에 대해서는, 문전 취식을 했다느니, '문총' 공금을 착복했다느니, 입에 담을 수도 없는 거짓말로 갖은 인신공격을 다하고 있으니까." 두 사람은 벙어리가 된 것처럼 한 참 동안 서로 멀거니 건너다보고 있을 뿐이다.

"그런 애들은 몇이나 되는고?" 하고 중구가 먼저 입을 열었다. "모르지, 전필업이 이외에도 그를 쫓아다니는 청년들이 몇 사람 있는 모양이더군." "그 정도 같으면 문제없잖아? 어디서나 이런 놈도 있고, 저런 놈도 있는 거니까." "그러나 다르지, 아무리 이런 놈도 있고 저런 놈도 있는 것이 세상이라 하더래도 이런 정도 로 망나니가 용납되진 못했으니까, 지금과 같이 집이 막 쓰러지 고 사람이 죽고 하는 전란 중엔 눈에 보이지 않는 정신적인 권위 라든가 표준까지도 다 쓰러뜨려 없애 버리고 싶은 것이 일반적인 심리 경향인가 봐." 조현식은 말을 마치고 또다시 담배를 피워 물

166

었다. 중구는 중구대로 요 며칠 사이 그의 머릿속을 떠나지 않고 있는 '끝의 끝', '막다른 끝'이란 말을 다시 한 번 혼자 속으로 되뇌며 자욱한 연기 속에서 꿀벌 떼처럼 왕왕거리는 다방 안을 돌아다보았다.

오정수는 새까만 세루* 두루마기에 새하얀 동정을 넓적하게 달아 입고, 코밑의 인중이 길쑴한* 입 언저리 위에 꼬물꼬물 무엇이 기는 듯한 얌전한 미소를 그리며 중구에게로 걸어왔다. "언제 왔어요?" 하는 인사가, 흡사, "언제 왔는기요?" 하는 거와도 똑같은 악센트였다. 그는 중구의 손을 꼭 잡은 채, "오느라꼬 고생 많이 했지요, 가족은 다 오셨십니까, 거처는 정했십니까" 하는 일련의 인사가 다 끝날 때까지는 놓지 않았다.

"오 형 인제 잘됐어" 하고, 조현식이 오정수에게 자리를 내어주며 히쭉 웃었다. 오정수는 무슨 뜻인지 알아듣지 못해서, "뭐라꼬요?" 하며 조현식을 쳐다본다. "이 형은 오 형 나오는 것만 눈이 빠지도록 기다리고 있습니다." "와요?" "이 형한테 물어보시오." 그러자 오정수는 또 그 입 언저리에 꼬물꼬물 무엇이 기는 듯한 미소를 띠며 중구 쪽을 바라본다. 중구도 왼손으로 입을 가린다. 거북하다 미안하다 하는 뜻이다. "이 형은 지난밤에도 이 다방에서 잤답니다." 이번에는 또 조현식이 말을 붙인다. "정말이

*세루: 직물의 일종으로 모직.
*길쑴한: 시원스레 조금 긴 듯한.

오?" 오정수의 얼굴은 심각해진다. "저 다방 색시한테 가 물어보시오." 조현식은 시치미를 뗀다. "그럼 와 진작 나한테 안 찾아왔소?" "환영할지 안 할지 알 수가 있어야지." 조현식의 이 말에 오정수도 농담인 것을 깨닫고, "에이 나쁜 양반!" 하고, 이웃집 아주머니들이 하듯 눈을 흘겨 준 다음, 중구에게 고개를 돌리며, "참말이요, 오늘 저녁에는 꼭 우리 집에 갑시대이" 한다. 이거 미안해서⋯⋯ 하고, 중구가 머리를 긁으려니까 조현식이 곁에서, 잘됐지 뭐, 한다. "정말 잘됐어요" 하고, 곁에 있던 송 화백도 성원을 했다. 뒤이어 송 화백은 "오늘은 오 선생도 모처럼 나오시고 했으니 빈대떡집에나 갑시다. 제가 인도하겠습니다" 했다. 아침에 삽화료를 받았다는 것이다.

일행은 오정수, 조현식, 이중구, 송 화백 이렇게 네 사람에다 작곡가 안정호가 끼여서 모두 다섯 사람이었다.

빈대떡집은 남포동 뱃머리라고 하는 선창가였다. 바로 코끝에서 시퍼런 바닷물이 철썩거리고 있었다. 개인 날엔 대마도가 빤히 건너다보인다는 영도(影島)와 송도(松島) 사이의 아득하게 트인 해변 위엔, 안개 같은 구름이 덮여 있고, 그 구름에서 일어 오는 듯한 쩝쩔한* 바다바람과 함께 이따금씩 갈매기 떼들이 허연 날개를 퍼덜거리며 몰려오곤 하였다.

술이 얼근하여지자 송 화백과 안정호는 서로 열을 올리며 기염

*쩝쩔한 : 입에 맞지 않게 조금 짠.

을 토하기 시작하였다. 그것은 다 같이 대한민국이 예술가들을 천대한다는 요지의 것이었다. "대한민국 예술가들은 다 죽어야 해! 다아!" 그는 몇 번이나 이렇게 소리를 지르곤 하였다. "그놈의 돈들이 다 어딜 갔냐 말야, 몇억 몇조 하는, 천문학적 숫자의 발행고가 다 어딜 갔냐 말야, 그놈의 돈을 다 뭉쳐 놓으면 저 영도섬 더미보다 더 클 거 아니냐 말야. 그놈의 돈들이 다 어딜 갔기에 우리는 사변이 나자 그날로 당장 빈손이 되고 거지가 되느냐 말야. 지금 부산에 와서도 처자와 함께 제대로 밥이나 끓여 먹고 있는 예술가가 몇이나 있느냐 말야, 그놈의 돈들이 다 어디 가 뭉쳤기에, 몇도 되지 않는 대한민국 예술가들이 다 거지가 돼서 저놈의 바닷물에라도 빠져 죽어 버려야 하게 됐단 말인가?" 하고 기염을 토하는 송 화백의 눈에는 불이 척척 흐르는가 하면, "그놈의 돈뭉치들이 다 어디로 갔느냐고?" 하고 시작하는 안정호의 음성은 잠긴 듯하다. "우리 처외삼촌이란 자는 본시 무역하는 사람인데 말씀예요, 이 작자 손에 지금 배가 몇 척 노는 줄 아세요? 일조 유사지시(一朝有事之時)*엔 제주도로 가든지 대마도로 가든지, 혹은 일본으로 가든지, 미국으로 가든지 자유자재란 말씀예요, 그러니 그거 어디 저 혼자 하는 일입니까? 돈 가진 놈들은 권세 가진 놈들과 짜고, 권세 가진 놈들은 돈 있는 놈들과 짜고, 권세 가진 놈들은 돈 있는 놈들과 끼리끼리 서로 통해 있고, 예약이 돼 있단 말씀예요"

*일조 유사지시(一朝有事之時) : 갑자기(하루 아침에) 일이 생겼을 때.

하는 그의 눈에는 눈물이 어려 있다. 그의 잠긴 듯한 음성이나 눈에 어린 눈물로 보아 그도 아마 그의 처를 통해서 한몫 끼여 보려다가 톡톡히 괄시를 당한 모양 같다. "그러니 다 죽고 없어져야지, 저놈의 바닷물에라도 얼른 뛰어들어서 모두 죽고 없어져야지!" 송 화백의 맞장구다.

"그런데 그 사람 운삼이 왜 그래? 사람이 변한 거 같애" 하고, 중구가 화제를 돌리려고, 어저께 본 박운삼의 이야기를 끄집어내었다. "도무지 말도 하지 않고, 웃지도 않고, 등신처럼 가만히 앉아만 있잖아?" 하는 중구의 말에, 송 화백이, "왜 그렇긴 왜 그래? 상사병에 걸린 거지" 하고 자신 있는 듯이 말을 받는다. "사변 전에 늘 데리고 다니던 여자 있잖아? 여의대(女醫大) 학생 말야." "그래 그 여자와 헤졌나?" "헤진 셈이지." "헤진 셈이란 건 뭔데?" "헤진 셈이란 건 어쨌든 결과에 있어서 헤어졌단 말이지." 그러자 일동이 와아 웃었다. 일동의 웃음에 용기를 얻은 듯 송 화백은 말을 계속했다. "당자들의 감정이나 의사로써 헤어진 게 아니고 형편이 그렇게 만들었단 말이지." "형편이라니?" "여자가 애인을 따라 거지가 되어 주지 않고, 부모를 따라 외국으로 떠났으니까." "그렇다면 거기엔 당자의 의사가 없는 것도 아니잖아?" "그러나 그렇게 된 게 아니래, 적어도 박운삼만은 지금도 안 그렇게 믿고 있으니까." 여기서 잠깐 이야기가 끊어졌다가, "여자의 아버지가 외교관이던가?" 하고 중구가 다시 물었다. "외교관도

170

아니지, 본시 주일부(駐日部)에 무슨 기밀한 관계를 가지고 있었나 봐, 비행기로 노상 왔다 갔다 하던 사람이래." 중구와 송 화백의 문답도 여기서 일단 끝이 났다.

중구는 바다로 향해 고개를 돌린다. 얼얼한 술기운에 퍼런 해면이 비친다. 그 위에서 껑충거리는 허연 갈매기 떼도 보인다. 그와 동시에 그의 머릿속에는 내리막을 달리는 기차가 떠오른다. 최종 열차다. 땅 끝까지 가서는 바다에 빠진다는 것이다. 바다에 빠지지 않기 위하여 기차는 목이 쉬도록 울며 발목이 휘어지도록 뻗대어 본다. 그러나 내리막을 달리는 기차는 그 무서운 속력의 관성에 의하여 기어이 바다로 들어가야만 한다. 중구의 눈에는 또 갈매기 떼가 비친다. 자기는 이미 바다에 빠져 있는 겐지도 모른다는 생각이 든다. 자기는 이미 갈매기 떼에 들어 있는지도 모른다는 생각이 든다. 오오, 갈매기여, 갈매기여! 그는 시인 같은 심정으로 갈매기를 불러 본다. 그의 머릿속에는, 아까 '밀다원' 안에서 꿀벌 떼처럼 왕왕거리고 있던 예술가들의 모습이 떠오른다. 그들은 다 즐겁다. 바다에 빠져 죽어야 한다고 두 눈에서 불을 흘리는 송 화백이나, 처외삼촌에게 설움을 당하고 목이 메인 안정호나, 거센 물결에 애인을 뺏기고 넋이 빠져 앉아 있는 박 시인이나, 어린 자식들을 길 위에 흩어 버리고 혼자서 하루에 떡 3개씩으로 목숨을 이어 나간다는 허 시인이나, 늙고 병든 어머니를 죽음에 맡기고 혼자 달아나 온 이중구 자신이나 그들은 다 같이 즐겁다. 다방에서는 꿀벌들처럼 왕왕거린다. 바다에서는 갈매기 떼처럼 퍼덜거린다. 앞뒤에 죽음과 이별을 두고 좌우에 유랑과 기한을 이끌며, 그래도 아는 얼굴, 커피 한 잔이 있어서 즐겁단 말인가, 그래도 즐겁단 말인가, 무엇이 즐겁단 말인가, 하고, 중구는 목구멍까지 올라온 이 말을 끄기 위하여 또 한 번 한숨을 길게 뿜었다.

오정수의 집은 범일동에 있었다. 단층으로 된 일본식 건물이었다. 온돌방이 하나요, '다다미'방이 둘인데, 온돌방은 오정수의 부인과 아이들이 쓰고 '다다미'방 하나는 오정수의 서재로 되어 있었다. 그리고 또 하나 '다다미'방에는 오정수의 일가뻘이 되는 피난민이 들어 있었다. 뜰은 넓지 않으나 사철나무, 소나무, 벽오동 따위 정원목과, 라일락, 침정화 같은 꽃나무들도 심어져 있었다. 툇마루 끝에는, 난초, 사보텐*, 종려, 치자, 목련 하는 분종(盆種) 들이 18개나 가지런히 놓여 있었다.

"새는 기르지 않습니까?" 중구가 물었다. "예에." 오정수는 고개를 끄덕끄덕했다. 기른단 말인지 기르지 않는단 말인지 알 수 없었다. 처마 끝에는 빈 새장 하나가 달려 있을 뿐이었다. 기르다 말았거나 다른 새장에 옮겨 둔 모양이었다. "여기서 이런 거나 만지고 심심하면 바다나 내려다보고 하면 혼자 살아도 되겠네요" 하고, 중구가 오정수 말투를 흉내 내어 보았다. 오정수는 또 먼저와 같이 "예에" 하고 고개를 끄덕거렸다.

*사보텐: 선인장.

172

저녁에 술상을 내어 오게 하고 오정수는 중구에게 술잔을 건네며, "실상은 조 형(현식) 생각도 하고 이 형(중구) 생각도 해서 방 한 칸을 비워 두고 있었십니대이" 했다. 그것은 이미 조 형에게서 들었다고 중구가 말했다. 그러나 오정수는 "잘됐심더, 이 형은 혼잣몸이시고 하니 그나마 나하고 여기서 같이 있십시대이" 하고, 입 언저리에 꼬물꼬물 기는 듯한 따뜻한 미소를 띠며 중구를 쳐다본다. "미안해서……" 하고 술잔을 내었다. 흐리멍덩한 대답이었다.

오정수의 부인이 들어와서 인사를 했다. 키가 훨씬 크고 몸이 뚱뚱하고 얼굴빛이 거무스름한 데다 목소리가 컬컬한 부인이었다. 다만 가늘게 뜨는 실눈에는 어딘지 소녀다운 애티가 있어 보였다. "아무꺼도 없심니더마는 마아이 드이소" 하고, 절을 한 번 하더니 그냥 나가 버렸다. 뒤이어 저녁상이 들어왔다. "아직 좀 더 있다가 가지고 오너라." 오정수가 저녁상을 도로 들여보냈다. "술 좀 더 할란대이" 하고, 그는 또 안쪽으로 향해서 이렇게 소리를 질렀다.

"이거 냉이 나물이지요, 맛있심대이" 하고, 중구도 다시 지방 말을 흉내 내었다. 냉이를 여러 가지 양념과 함께 멸치젓에다 버무린 것이었다. "예에, 많이 드이소, 그런 거쯤은 얼마든지 있심더." 오정수도 젓가락 끝으로 냉이 한 토막을 집어 입에 넣으며 이렇게 응수를 했다. "오 형은 술이 약해서 안 되겠심대이 고마아."

중구가 또 사투리로 농담을 붙였다. "와 이카십니꺼, 술은 내 혼자 멕에 놓고 괜히." 오정수는 이웃집 아주머니들이 하듯 웃음 담긴 얼굴로, 눈을 흘겼다. "부웅", "부웅" 하는 고동 소리가 잦게 들렸다. 그것은 먼젓번 보수동에서 듣던 '피리 소리'도 아니요, 어젯밤 조현식에게서 듣던 패앵패앵 하는 소리도 아니었다. 정말 무엇이 떠나가고 있는 듯한, 가슴이 찡찡 울어 대는 그러한 소리였다. "저놈의 날라리 피리 소리들 땜에 나는 고마아 못 살겠심대이." 중구는 연거푸 술잔을 내며 주정 비슷한 소리를 내었다. 그것이 고동 소리를 가리켜 하는 말이라고는 오정수도 깨닫지 못하는 모양이었다. 사실 거기서 듣는 고동 소리를 '날라리 피리 소리'라고 하기에는 적당하지 않았었다. 그것은 오히려 중구의 취한 가슴속에서만 나고 있는 소리인지도 몰랐다. "그러지 말고 한잔 취하이소." 오정수는 중구의 빈잔에 또다시 술을 쳐 주었다. 중구는 취기로 인하여 이미 얼얼한 손으로 그 술잔을 잡으려 했다. 그때, 갑자기 그의 두 눈에서 취한 얼굴로서도 열도(熱度)를 깨달을 만한 뜨거운 눈물이 주르르 쏟아지며 뜻하지 못했던 울음이 복받쳐 오르는 것이었다. 그 순간 취한 가운데서도, 이건 파렴치다, 언어도단*의 추태다, 하는 생각을 하며, 곧 일어나 방문을 열고 뛰어나갔다. 툇마루에서 섬돌 위로 내려서려 했을 때, 그는 미끄러지듯이 넘어지며 분종을 둘이나 섬돌 위로 굴러 떨어뜨렸다. 오정수가 이내 남

*언어도단: 어이가 없어서 말하려 해도 말할 수 없음을 이르는 말.

포등을 들고 뒤따라 나와 있었으므로 중구가 섬돌 위에 구르지는 않았으나 분종 돌 가운데 난초 분 하나는 세 조각으로 보기 좋게 깨어져 있었다.

이튿날 아침 중구는 밥상을 물리자, 이내 조현식과 약속이 있다는 핑계로, 칫솔과 낯 수건이 들어 있는 그 낡은 손가방을 들고 일어났다. "와 이캅니꺼, 한 사알 푹 안 쉬이고." 오정수가 붙잡았다. "인제 매일 같이 찾아올 텐데 뭐." 중구의 대답이었다. "예에, 매일 와도 좋고 어중간할 때 와도 좋고, 나는 언제든지 기다릴랍니대이." "그렇지 않아도 인제 오 형이 몸서리가 나도록 올 겝니다."

중구는 정말 무슨 급한 용건이나 있는 것처럼 달음박질을 치다시피 전차 정류소로 향해 달려 나왔다. 무엇이 그렇게 급한 겐지 자기 자신도 알 수가 없었다. 덮어 놓고, '밀다원'엘 가 보아야만 될 것 같았다. 조현식과 송 화백과 안정호와 허윤과 박운삼과 길 여사와 이런 사람들의 얼굴을 한시바삐 보아야 숨이 돌아갈 것 같았다. 정류소마다 전차가 정거를 하여, 사람을 내리우고 태우고 하느라고 꾸무럭거릴 때는 너무나 초조한 나머지 발을 구르고 싶었다.

'밀다원'을 올라가는 층계 중간쯤에서, 잉잉거리는 꿀벌 떼의 소리를 들었을 때 중구는 요 며칠 전과 같은 가슴의 두근거림을 깨달았다. 왜 이렇게 급하며, 왜 이렇게 가슴까지 두근거리는지 자기 자신도 통 알 수가 없었다.

구석 자리에서 원고를 쓰고 있던 조현식은 고개를 들어 중구를 쳐다보며, "오 형 댁 편하지요?" 했다. "편하기는 그만이더군." 중구도 편하더란 말에 힘을 주었다. 그러나 그 이상은 무어라고 말할 수가 없었다. 그는 지금 그 '편하기는 그만인' 오정수의 집에서 감옥을 탈출하듯 달아 나온 것이 아닌가. 그것을 오정수의 참되고 올바르고 따뜻한 인격과 조용하고 아늑하고 또한 풍류적이기까지 한 서재와, 깨끗한 침구와, 그리고, 그 구미 당기는 생전복과 생미역과 냉이 무침과 여러 가지 젓갈과 이런 것을 모두 무어라고 칭찬하며, 감사해야 좋을지 모르겠다는 말들을 어떻게 함께 할 수 있단 말인가.

그날 저녁때, 중구는 조현식과 함께 토스트를 먹으며 "나 오늘 저녁에 또 조 형 댁 신세를 져야겠는데……" 하고 아침부터 별러 온 말을 드디어 입 밖에 내었다. "왜 오 형 댁에 안 가고?" 조현식은 의아스러운 얼굴로 중구를 쳐다보았다. 중구는 처음 어떻게 말해야 좋을지 몰라서 한참 동안 머뭇머뭇했다. "너무 멀어서." 처음 그의 입에서 나온 말은 이것이었다. 그와 동시 스스로 한심스럽다는 듯이 픽쭉 웃었다. 그러고는 잇달아, "내 맘대로 하라면, 잠은 조 형 댁 오시이레 속에서 자고 낮에는 온종일 이 밀다원에 나와 앉아 있었음 젤 좋겠더군, 무엇보다 조 형 댁은 이 밀다원에서 가까워서 좋아" 하고, 한숨에 지껄여 버렸다. 조현식은 의외에도 중구의 이 말에 놀라지 않고, 오히려 당연하다는 듯이 덩달아 히죽히죽 웃기만 했다. 중구는 조현식의 웃음에 용기를 얻은 듯이 또 계속하였다. "오 형 댁보다는 차라리 이 다방 한구석에 자는 것이 훨씬 나을 것 같애, 추운 건 인제 겁도 나지 않아. 아무렴 저 먼 젓번 보수동 테이블 위에 잘 때보다 더 추울라고." "오 형 댁에서 이까지 오는 데 한 시간 다 못 걸리잖아?" "그래도 그렇지 않아, 굉장히 먼 것 같애, 시베리아 같은 데 혼자 가 있는 것 같애, 가슴이 따가워서 견딜 수 없어, 이 밀다원에서 한 걸음만 더 멀어도 그만큼 무섭고 불안하고 가슴이 따가워 죽겠어. 같은 피난민 속에 싸여 있지 않으니 못 배기겠어. 범일동이 어디야? 만 리도 넘는 것 같애."

중구의 푸념은 여기서 일단 그쳐야 했다. 저쪽 구석 자리에서 졸고 있던 박운삼이 이리로 옮겨 왔기 때문이었다. 박운삼은 무슨 용건이나 있는 것처럼 중구와 조현식이 마주 앉아 있는 자리에 와서 앉더니 그대로 아무런 말도 없었다. 그쪽 구석 자리에 앉아 있을 때나 다름없이 그야말로 '벽화'같이 가만히 앉아 있을 뿐이다. 조현식이 딱하니까, "박운삼 씨 요새 어디 있어요?" 하고 먼저 말을 건넨다. 그러나 박운삼은 역시 벽만 바라보고 있을 뿐 꼼짝도 하지 않는다. 조현식이 같은 말을 또 한 번 물으니, 그때야 고개를 돌리며, "저한테 무슨 말씀 하셨어요?" 하고 되물었다. 조현식이 웃으며 같은 말을 세 번째 물으니, 그때야 "친구한테 있었는데 그 친구가 어저께 결혼을 했어요" 한다. 무슨 뜻인지 요령부득이었다. 그러고는 다시 먼저와 같은 '벽화'가 되어 버린다.

한 시간쯤 지났다. 그동안 그 자리에는 송 화백과 허윤이 잠깐씩 앉았다 가고, 길 여사도 와서 한참 이야기하고 돌아갔다. 길 여사의 이야기는 중공군이 부산까지 온다면 어떻게 하느냐는 것이었다. 누구의 가슴속에나 잠시도 떠나지 않고 있는 문제였다. 그러니만큼 아무도 말을 붙이려고 들지 않았다. 어디까지나 양성적(陽性的)인 송 화백이 "중공군이 오기 전에 우리는 모두 바다에 빠져 죽기로 했습니다" 하고, 큰 소리로 외치자, 그 자리에 있던 사람들뿐 아니라 곁의 자리에 있던 사람들까지 "와아" 하고 소리를 내어 웃어 버렸다. "잘 알겠습니다." 길 여사는 엄숙한 표정으로 합장을 하더니 그냥 나가 버렸다. 그러자 그 자리는 또다시 중구와 조현식과 박운삼과 세 사람이 되었다.

어슬녘이었다. 조현식이 테이블 위에 놓고 있던 담뱃갑을 집어 오버 주머니에 넣었다. 일어서려는 준비 행동이었다. 바로 그때다. '벽화(박운삼)'가 갑자기 이쪽을 향해 고개를 돌리더니 "조 선생" 하고 불렀다. 그는 올해 스물아홉 살이다. 조현식이나 중구들보다는 일여덟* 살이나 젊었으므로 '선생'을 붙이는 모양이었다. 일어서려던 조현식이 도로 궁둥이를 붙이고 앉았다. "오늘 저녁에 제가 조 선생 댁에 좀 같이 갈 수 없을까요?" '벽화'가 건네는

* 일여덟 : 일고여덟의 준말.

178

말이었다. "여기 먼저 신청한 사람이 있습니다." 조현식이 웃는 얼굴로 중구를 가리켰다. 그러자 박운삼은 두말도 하지 않고 고개를 빽 돌려 도로 먼저와 같은 '벽화'가 되어 버린다. 조현식이 일어선 채 잠깐 망설이더니, "박운삼 씨 같이 갑시다" 한다. 그러자 '벽화'는 무슨 전기 장치에서 움직여지는 기계 인간과도 같이 즉시로 꼿꼿이 일어서는 것이었다.

조현식의 집에서 저녁을 마친 박운삼은 그가 언제나 끼고 다니는 하늘색 책보를 끌렀다(이것은 중구의 그 낡은 손가방에 해당하는 그의 전 재산이었다). 그 안에는 세수 도구를 넣은 고무 주머니와 노트 두 권이 들어 있었다. 박운삼은 노트 두 권을 조현식에게 주며, "이거 좀 맡아 주시겠어요?" 했다. 조현식은 그것을 받아 그의 부인에게 주며, "이거 내 가방 속에 좀 너두" 하고 나서 중구를 돌아다보며, "이 형, 소주 안 먹어도 견디겠소?" 했다. 바로 그때였다. 박운삼이 무엇에 찔린 것처럼 갑자기 일어서며, 어저께 결혼한 친구 녀석한테는 캐나디언 위스키가 몇 병이든지 있다면서, 그 녀석한테 좀 다녀와야겠다고 하더니 그냥 나가 버렸다. 그러고는 그길로 그는 돌아오지 않았다.

이튿날 중구와 조현식이 '밀다원'으로 나갔을 때, 박운삼은 어느덧 먼저 와서 '드럼통'(화덕) 곁에 가만히 앉아 있었다. 두 사람이 '드럼통' 곁으로 가도 그는 그들을 보았는지 못 보았는지 역시 꼼짝도 하지 않았다. 조현식이 먼저 알은체를 했다. 어저께 밤엔 어떻게 된 거냐고 한즉, 시간이 늦어졌던 거라고 한마디로 간단히 대답하고는 일어나, 그가 언제나 '벽화'같이 앉아 있는, 그의 전용석과도 같은 구석 자리로 옮겨 가 버렸다.

　점심때 짐짓했을 때 길 여사가 나오더니, 중구와 조현식에게 긴급히 상의할 일이 있다면서 밖으로 같이 좀 나가자고 했다. 며칠 전에 갔던 '우동'집으로 갔다. '우동' 셋을 시켜 놓고 길 여사가 이야기를 시작했다. 먼저, 정세가 어떻게 되어 가는 거냐고, 어저께와 비슷한 말을 또 끄집어냈다. "저놈들이 자꾸 밀고 내려오는 모양이지요" 하고, 조현식은 가볍게 받아넘겼다. 중구도 "중공군이 원주, 오산까지 침공해 온 모양이랍니다" 하고, 오전에, 길에서 K통신사의 윤을 만나 들은 정보를 제공했다. 길 여사는 눈을 내리감으며 또 합장을 했다. "아무튼, 서울 방위는 철통같다고 떠들어대던 것도 필경 저놈들에게 내주고 말았으니 앞으론들 어느 지역에서 반드시 반격한다고 기필할 수야 없는 노릇이지요" 하고, 조현식도 침울한 목소리였다. "하여간 낙관할 수 없지요?" 하고, 다지는 길 여사. 같은 말로 긍정하는 것은 중구다. 조현식의 침묵은 이것을 시인한다는 뜻이다. 길 여사는 목소리를 낮추며, 그래 거기 대한 무슨 대책이 있느냐고 했다. 지금 돈 있는 사람들은 다 만일의 경우에 대처할 준비가 되어 있다. 그런데 우리들은 아무 대책도 없이 다방에만 모여서 우글거리고 있다. 만약의 경우를 생각해 보라. 그것은 비참하다. 그런데 마침 교회 관계로 제주도 가는 배가 한 척 있는데, 사오일 이내로 떠날 예정이다. 자기가 부탁하면 십여 명은 더 탈 수 있게 되겠다. 조현식과 중구가 찬성한다면 그렇게 추진시켜 보겠다—하는 이런 내용이었다. "신중히 생각해 보세요" 하고, 길 여사는 꼬리를 달았다. 조금 뒤, "가서 무얼 먹고 사나?" 하는 것이, 조현식의 첫 발언이었다. "목숨이 첫째요, 먹는 것은 둘째입니다." 길 여사의 답변이었다. "그러나 생활 근거가 전혀 없이야 너무나 막연해서." "다른 피난민들도 다 많이 가잖았어요?" 이렇게 조현식과 길 여사가 문답을 계속하고 있는 동안 중구는 중구대로, 하루 전, 오정수의 집에서 맛본 고독의 무서움을 맘속으로 생각하고 있었다. 그는 어떠한 조건에서든지 '밀다원'이 있는 곳에서 멀리 떠나갈 수는 없다고 생각했다. 그는 최후까지 '밀다원'에 남아 있는 다른 모든 친구들과 행동을 같이하리라 생각했다. 그것이 송 화백의 말대로 설사 바다로 뛰어드는 길이라고 하더라도 그는 혼자 별개 행동을 취할 용기는 나지 않았다. 꿀벌은 꿀벌 떼 속에, 갈매기는 갈매기 떼 속에, 하고, 그는 입에 내어 중얼거릴 뻔했다.

"이중구 씨 소설가께서도 의견을 말씀해 주십시오." 길 여사는 이런 경우에도 유머를 잊지 않았다. "저는 무서워 안 되겠습니다. 밀다원에서 떠나는 것이 무섭습니다." 중구의 명확한 거절을 받은 길 여사는 또 한 번 합장을 올리고 나서, "기회는 한 번뿐이란 사실을 알아 두어야 합니다" 하고 응수했다. 이 말에 가슴이 찔끔해진 조현식은, 지난 6·25 때, 서울서 괴뢰군에게 몇 번이나 죽을 뻔했던 일을 상기하고, "며칠이나 여유가 있겠습니까?" 하고, 또다시 현실적 조건을 따지려 들었다. 늦어도 닷새 이내에는 결행되리라는 길 여사의 말에, "그러면 닷새만 더 여유를 주십시오. 그동안 좀 더 연구해 보겠습니다" 하고, 조현식이 꾀를 내자, 길 여사도 찬성한다는 듯이, "두 분 동지께서 반대하신다면 본인도 단독 행동을 취할 용기는 없다는 사실을 믿어 주십시오" 하고, 자리에서 일어났다.

세 사람은 다시 '밀다원'으로 갔다. 그들이 층계를 올라서려고 하는데, 위에서 음악가 안정호가 흥분한 얼굴로 내려오고 있었다. "어디서 오세요?" 하고, 안정호가 당황한 목소리로 물었다. 우동집에서 온다고, 조현식이 대답하자, 안정호는 손가락으로 2층을 가리키며 "박운삼 씨가 약을 먹었어요" 했다. "약이라니?" "수면제." "수면제를 왜?" "왜가 뭡니까, 아주 뻗어 버렸어요." 순간, 조현식의 얼굴이 파랗게 질린다. 길 여사의 입술이 바르르 떨린다. "얼마나 먹었기에?" 중구가 묻는다. "형편없이 먹은 모양입니다. '페노발비탈' 60개에 '새콜사나듐' 5개를 합쳐 먹었다니 말다했지요 뭐." "그토록 몰랐을까?" "모르는 게 뭡니까, 언제나 혼자 앉아 있는 그 구석 자리에서 그냥 졸고 있는 줄만 알았지요" 하고 안정호는 의사를 부르러 간다면서 뛰어나갔다.

세 사람이 다방 안에 들어갔을 때 사람들은 서북쪽 구석에 거멓게 둘러서 있었다. "이 망할 자식아! 이 못난 자식아!" 하고, 박운삼의 오버 소매를 잡고 흔들며 엉엉 울고 있는 것은 송 화백이었다. 아무리 그렇기로서니 그처럼 몰랐느냐고, 또, 길 여사가 다방 레지를 나무라듯이 말했다. "언제나 그이 혼자 앉아 있잖았어요?" 레지의 답변이었다. 특히 이날은 무얼 쓰고 있기에 원고를 쓰나 보다 하고 아무도 가까이 가지 않았다는 것이다. 나중 눈을 감은 채 벽에 머리를 대고 있는 것을 보고도 언제나 하는 노릇이기에 실컷 졸도록 내버려 두었던 것이라 한다.

허윤이 울먹울먹하며 곁으로 오더니 조현식에게 접힌 종이쪽을 내어 주었다. 그 첫장에는 '고별(告別)'이라고 제목이 붙어 있었다.

나는 미리 준비하고 있었던 페노발비탈 60알과 새콜사나듐 5알을 한꺼번에 먹었다.

나는 진실로 오래간만에 의식의 투명을 얻었다. 나는 지금 편안하다.

나는 지금 출렁거리는 바다 저편에서 나를 향해 웃음을 보내는 나의 애인의 얼굴을 본다. 그리고 지금 나의 앞에는 나의 친애하는 벗들이 거의 다 모여 있음을 본다. 나는 그들이 나를 지켜 주고 있는 이 시간 이 자리에서 더 나의 생애를 연장시키고 싶지는 않다.

잘 있거라, 그리운 사람들.

51년 1월 8일
박운삼

박운삼의 자살로 인하여 '밀다원'엔 적지 않은 변동이 생겼다. 다방 문에는 '내부 수리'란 종이 딱지가 붙은 채 여러 날 동안이나 영업을 쉬었다. 뿐만 아니라 아래층도 수리를 하겠으니 '문총' 사무실마저 옮겨 달라는 명령이 내렸다.

'밀다원'에서 쫓겨 나오다시피 된 그들은 광복동 로터리 주변에 있는 다른 다방들로 분산되어 나갔다. 로터리를 중심으로 하고, 더러는 남포동 쪽의 '스타' 다방으로 나가고, 절반은 창선동 쪽의 '금강' 다방으로도 나갔다.

'금강'은 '밀다원'보다 면적도 훨씬 좁았을 뿐 아니라 다방다운 시설이나 장치라고는 전혀 없는 어느 시골 간이역 대합실과도 같은 집이었다. 그래서 그런지 그러한 금강의 그 딱딱한 나무 걸상에 궁둥이를 붙이고 있노라면 대낮이라도 곧잘 뱃고동 소리가 들려오곤 하였다. 그것이 바로 죽음을 치른 직후라 그런지 뱃고동 소리가 들려올 때마다 중구는 중구대로 지금쯤은 역시 주검이 되어 홀로 누워 있을 어머니의 모습이 떠올라, 자기도 모르게 몸에 소름이 끼치곤 하였다. 그럼에도 불구하고 그들이 줄곧 '금강'으로 나가게 된 것은 '금강' 바로 건너편에 있는 『현대신문』에 그들의 친구가 있기 때문이었다.

그렇게 닷새를 지내니 조현식이 길 여사에게 약속한 13일이 되었다. 그리고 그때는 이미 그들의 심경도 결정되어 있었다. 11일경부터 유엔군의 반격이 개시되어 있었기 때문이었다. 따라서 '대책' 문제는 절로 기각이 된 셈이었다.

15일부터는 중구도 K통신사의 윤의 소개로 『현대신문』에 논설위원 일을 보게 되었다. 16일부터는 조현식이 또한 중구의 소개로 『현대신문』 2층 한쪽 구석방에나마 '문총' 간판을 옮겨 붙일 수 있게 되었다. 그리고 그때는 이미 원주, 이천, 오산 등지가 유엔군에 의하여 탈환된 뒤였다.

중구가 일을 보게 된 사흘 후에 『현대신문』 문화란에는 '박운삼의 인간과 예술'이란 조현식의 평론과 아울러, 송 화백의 컷이 곁들여진 박운삼의 유작시 '등대(燈臺)'가 게재되었다.

어쩌면 해일(海溢)이 있을

듯한 저녁때

나는

홀로 바닷가에

섰다.

저 어리광을 부리듯한

푸른 물결에

마음은

드디어 무너져

가는가.

먼 바다 저쪽

흰옷의 신부는

등대같이 섰는데

나는 나를 살라

불을 켜는가.

까치 소리

단골 서점에서 신간을 뒤적이다 『나의 생명을 물려다오』라는 얄팍한 책자에 눈길이 멎었다. '살인자의 수기'라는 부제가 붙어 있었다.

생명을 물려준다. 이것이 무슨 뜻일까, 나는 무심코 그 책자를 집어 들어 첫 장을 펼쳐 보았다. '책머리에'라는 서문에 해당하는 글을 몇 줄 읽다가 '나도 어릴 때는 위대한 작가를 꿈꾸었지만 전쟁은 나에게 살인자라는 낙인을 찍어 주었다'라는 말에 왠지 가슴이 뭉클해짐을 느꼈다. 비슷한 말은 전에도 물론 얼마든지 여러 번 들어왔던 터이다. 그런데도 이날 나는 왜 그 말에 유독 그렇게 가슴이 뭉클해졌는지 그것은 나도 잘 모를 일이다. '위대한 작가를 꿈꾸었다'는 말에 느닷없는 공감을 발견했기 때문일까.

나는 그 책을 사 왔다. 그리하여 그날 밤, 그야말로 단숨에 독파를 한 셈이다. 그만큼 나에게는 감동적이며, 생각케 하는 바가 많았다. 특히 그 문장에 있어, 자기 말마따나 '위대한 작가를 꿈꾸던' 사람의 솜씨라서 그런지 문학적으로 빛나는 데가 많은 것도 사실이었다.

나는 다음에 그 수기의 내용을 소개하려 하거니와 될 수 있는 대로 그의 문학적 표현을 살리기 위하여 본문을 그대로 많이 옮기는 쪽으로 주력했음을 일러 둔다. 특히 내가 재미있다고 생각한 소위 그의 문학적 표현으로서, 그의 본고장인 동시, 사건의 무대가 된 마을의 전경을 이야기한 첫머리를 그대로 옮겨 보면 다음과 같다.

마을 한복판에 우물이 있고, 우물 앞뒤엔 늙은 회나무 두 그루가 거인 같은 두 팔을 치켜든 채 마주 보고 서 있었다. 몇 아름씩이나 될지 모르는 굵고 울퉁불퉁한 둥치는 동굴처럼 속이 뚫린 채 항용* 천 년으로 헤아려지는 까마득한 세월을 새까만 침묵으로 하나 가득 메우고 있었다.

밑동에 견주어 가지와 이파리는 쓸쓸했다. 둘로 벌어진 큰 가지의 하나는 중동*이 부러진 채, 그 부러진 언저리엔 새로 돋은 곁가지가 떨기를 이루었으나 그것도 죽죽 위로 뻗어오른 것이 아니라 아래로 한두 대가 잎을 달고 드리워진 것이 고작이었다.

둘 중에서 부러지지 않은 높은 가지는 거인의 어깨 위에 나부끼

* 항용 : 흔히 늘.
* 중동 : 사물의 중간이 되는 부분이나 가운데 부분.

는 깃발과도 같이 무수한 잔가지와 이파리들을 하늘 높이 펼쳤는데, 까치들은 여기에만 둥지를 치고 있었다.

앞 나무에 둘, 뒤 나무에 하나, 까치 둥지는 셋이 쳐져 있었으나 까치들이 모두 몇 마리나 그 속에서 살고 있는지는 아무도 똑똑히 몰랐다. 언제부터 둥지를 치기 시작했는지도 역시 안다는 사람은 없었다. 나무와 함께 대체로 어느 까마득한 옛날부터 내려오는 것이거니 믿고 있을 뿐이었다.

……아침 까치가 울면 손님이 오고, 저녁 까치가 울면 초상이 나고…… 한다는 것도, 언제부터 전해 오는 말인지 누구 하나 알 턱이 없었다. 그래서 그런지, 아침 까치가 유난히 까작거린 날엔, 손님이 잦고, 저녁 까치가 꺼적거리면 초상이 잘 나는 것 같다고, 그들은 은근히 믿고 있는 편이기도 했다.

그런대로 까치는 아침저녁 울고 또 다른 때도 울었다.

까치가 울 때마다 기침을 터뜨리는 어머니는 아주 흑흑 하며 몇 번이나 까무러치다시피 하다 겨우 숨을 돌이키면 으레 봉수(奉守)야 하고, 나의 이름을 부르곤 했다. 그것도 그냥 이름을 부르는 것이 아니라 반드시 '죽여다오'를 붙였다.

……쿨룩쿨룩쿨룩쿨룩, 쿨룩쿨룩쿨룩쿨룩, 쿨룩쿨룩, 쿨룩, 쿨룩, 쿨룩…… 이렇게 쿨룩은 연달아 네 번, 네 번, 두 번, 한 번, 한 번, 여섯 번, 그리고 또다시 세 번이고 네 번이고 두 번이고 여섯

번이고 종잡을 수 없이 얼마든지 짓이기듯 겹쳐지고 되풀이되곤 했다. 그사이에 물론, 오오, 아이구, 끙, 하는 따위 신음 소리와 외침 소리를 간혹 섞기도 하지만 얼마든지 '쿨룩'이 계속되다가는 아주 까무러치는 고비를 몇 차례나 겪고서야 겨우, 아이구 봉수야, 한다거나, 날 죽여다오를 터뜨릴 수 있는 것이다.

어머니의 기침병(천만)은 내가 군대에 가기 1년 남짓 전부터 시작되었으니까 이때는 이미 3년도 넘은 고질이었던 것이다.

내 누이동생 옥란(玉蘭)의 말을 들으면, 내가 군대에 들어간 바로 그 이튿날부터 어머니는 나를 기다리기 시작했다는 것이다. 마침 아침 까치가 까작까작 울자, 어머니는 갑자기 옥란을 보고,

"옥란아, 네 오빠가 올라는가 부다" 하더라는 것이다.

"엄마도, 엊그제 군대 간 오빠가 어떻게 벌써 와요?" 하니까,

"그렇지만 까치가 울잖았냐?" 하더라는 것이다.

이렇게 처음엔 아침 까치가 울 때마다 얘가 혹시 돌아오지 않나 하고 야릇한 신경을 쓰던 어머니는 그렇게 한 반년쯤 지난 뒤부터, 그것(야릇한 신경을 쓰는 일)이 기침으로 번지기 시작했다는 것이다.

'반년쯤 지난 뒤부터'라고 했지만, 그 시기는 물론 확실치 않다. 옥란의 말을 들으면 그전에도 몇 번이나 그런 일이 있었다고 한다. 몇 달이 지나도록 편지도 한 장 없는 채, 아침 까치는 곧장 울고 하니까, 그럴 때마다 어머니의 눈길엔 야릇한 광채가 어리곤

하더니, 그것이 차츰 기침으로 번지기 시작하더라는 것이다. 첨에는 가끔 그렇더니, 날이 갈수록 점점 더 심해져서, 한 1년 남짓 되니까, 거의 예외 없이 회나무에서 까작까작 하기만 하면 방 안에서는 쿨룩쿨룩이 터뜨려지게 마련이었다는 것이다(처음은 아침 까치 소리에 시작되었으나 나중은 때의 아랑곳이 없어졌다).

그러나 이런 것은 누구나 이해할 수도 있는 일이라고 나는 생각한다. 아들을 몹시 기다리는 병(천만)든 어머니가 아침 까치가 울 때마다 (손님이 온다는) 기대를 걸어 보다간 실망이 거듭되자, 기침을 터뜨리고(그렇지 않아도 자칫하면 터뜨리게 마련인), 그것이 차츰 습관성으로 발전하게 되었다는 것은 얼마든지 있을 수도 있는 얘길 테니까 말이다.

그렇게 해서 터뜨려진 질기고 모진 기침 끝에 아들의 이름을 부르고, 또 '날 죽여다오'를 덧붙였대서 그 또한 이해하기 힘든 일도 아니었다. 어머니는 전에도, 그렇게 까무러칠 듯이 짓이겨지는 모진 기침 끝엔 '오오, 하느님!', '사람 살려 주!' 따위를 부르짖은 일이 있었던 것이다. '오오, 하느님!', '사람 살려 주!'가 '아이구 봉수야!', '날 죽여다오'로 바꿔졌을 뿐인 것이다. 살려 달란 말과 죽여 달란 말은 정반대라고 하겠지만 어머니의 경우엔 그렇지도 않았다. 오히려 비슷한 말이라고 보는 편이 가까울 것이다. '죽여다오'는 '살려다오'보다 좀 더 고통이 절망적으로 발전되었음을 나타내는 것이 아닐까. 나는 그렇게 생각했다.

따라서 나는 군대에서 돌아와, 처음 얼마 동안은 어머니의 입에서 이 말을 들을 때마다 견딜 수 없는 설움과 울분을 누를 길 없어 나도 모르게 사지를 부르르 떨곤 했었다.

— 아아, 오죽이나 숨이 답답하고 괴로우면 저러랴, 얼마나 지겹게 아들이 보고 싶고 외로웠으면 저러랴.

나는 그럴 때마다 어머니가 측은하고 불쌍해서 그냥 목을 놓고 울고만 싶었던 것이다.

그러면서도 나에게는 어머니를 치료해 드리거나 위로해 드릴 수 있는 어떠한 힘도 재간도 없었다. 그럴수록 어머니가 겪는 무서운 고통은 오로지 나의 책임이거니 하는 생각만 절실했을 뿐이다.

그리고 이러한 나의 심경도 누구에게나 대체로 이해될 수 있으리라고 믿는다.

그런데 다른 사람은 고사하고 내 자신마저 잘 이해할 수 없는 일이 곁들여 생긴 것이다. 그것을 한마디로 말하면 나의 심경의 변화라고나 할까. 나는 어느덧 그러한 어머니를 죽여 주고 싶은 충동 같은 것을 느끼기 시작한 것이다. 어머니가 '아이구, 봉수야 날 죽여다오' 하고 부르짖는 것은, '오오, 하느님 사람 살려 주' 하던 것의 역표현(逆表現)이라기보다도 진한 표현 같은 것에 지나지 않는다는 것은 위에서도 말한 대로다. 나는 그것을 충분히 이해하고 있었던 것이다. 그럼에도 불구하고 나는 왜 그러한 어머니에게 죽여 주고 싶은 충동을 느끼게 되었을까.

그것도 어쩌다 한번 그런 일이 있었다는 얘기가 아니다. 처음 한 번 그런 일이 있고 나서는 그 뒤부터 줄곧 그렇게 돼 버린 것이다. 까치가 까작까작까작 하면, 어머니는 쿨룩쿨룩쿨룩을 터뜨리는 것이요, 그와 동시 나의 눈에는 야릇한 광채가 어리기 시작하는 것이다(옥란의 말을 빌리면, 옛날 어머니가 까치 소리와 함께 기침을 터뜨리려고 할 때, 그녀의 두 눈에 비치던 것과도 같은 그 야릇한 광채라는 것이다). 어머니가 목에 걸린 가래를 떼지 못하여 쿨룩쿨룩쿨룩을 수없이 거듭하다 아주 까무러치다시피 될 때마다 나는 그녀의 꺼풀뿐인 듯한 목을 눌러 주고 싶은 충동에 몸이 부르르 떨리는 것이다.

그것은 처음 며칠 동안이 가장 강렬했던 것같이 기억된다. 더 정확하게 말할 수 있다면, 내가 그것을 경험하기 시작한 지 사흘째 되던 날에서 2, 3일간이었다고 믿어진다. 나는 그 무서운 충동을 누르지 못하여, 사흘째 되던 날은, 마침 곁에 있던 물 사발을 들어 방바닥에 메어쳤고, 나흘째 되던 날은 꺽꺽거리며 꼬꾸라지는 어머니를 향해 막 덤벼들려는 순간, 밖에 있던 옥란이 낌새를 채고 뛰어와 내 머리 위에 엎어짐으로써 중지되었고, 닷새째 되던 날은, 마침 설거지를 하는 체하고 방문 앞에 대기하고 있던 옥란이 까치 소리를 듣자, 이내 방으로 뛰어 들어왔기 때문에 나는 숫제 단념을 했던 것이다. 그런데도 역시 어머니의 까무러치는 꼴을 보는 순간, 나는 갑자기 이성을 잃은 듯, 나와 어머니 사이를 가로

막다시피 하고 있는 옥란을 힘껏 떼밀어서 어머니 위에다 넘어뜨리고는 발길로 방문을 냅다 지르며 밖으로 뛰쳐나갔던 것이다.

그 며칠 동안이 가장 고비였던 모양으로, 그 뒤부터는 어머니의 기침이 터뜨려지는 것을 보기만 하면, 나는 그녀의 '봉수야, 날 죽여다오'를 기다리지 않고, 미리(그때는 대개 옥란이 이미 나와 어머니 사이를 가로막듯 하고 나타나 있게 마련이기도 했지만) 방문을 박차고 밖으로 나와 버릴 수 있었다.

이렇게 내가 미리 자리를 피할 수만 있다면 다행이나 그렇지 못할 경우도 얼마든지 생각할 수 있었다. 여기서 먼저 우리 집 구조를 한마디 소개하자면, 부끄러운 얘기지만, 세 평 남짓 되는(그러니까 꽤 넓은 편이긴 한) 방 하나에 부엌과 헛간이 양쪽으로 각각 붙어 있을 뿐이었다. 따라서 우리 세 식구는 자고, 먹고 하는 일에 방 하나를 같이 써야 하게 되어 있었다. 그러므로 전날 술을 좀 과히 마셨다거나 몸이 개운치 못하다거나 할 때에도 내가 과연 그렇게 까치 소리를 신호로 얼른 자리를 뜰 수 있게 될진 아무도 장담할 수 없는 일이었다.

여기다 또 한 가지 해괴한 일은 어머니의 기침이 멎어짐과 동시 나의 흥분이 가라앉으면, 나는 어느덧 조금 전에 내가 겪은 그 무서운 충동에 대하여 내 자신이 반신반의를 일으킨다는 사실이다. 나는 왜 그러한 충동에 사로잡히게 되었던가, 그것은 정말이었을까, 어쩌면 나의 환각이나 정신 착란 같은 것이 아닐까, 적어도 나에겐 이러한 의문이 치미는 것이다. 그런대로 까치 소리와 어머니의 기침은 하루도 쉬는 날이 없었고, 그럴 때마다 나는 대개 방문을 차고 나오는 데 성공한 셈이다.

그러나 방문을 박차고 나온다고 해서 나의 흥분이 감쪽같이 사라져 버리느냐 하면 물론 그렇지는 않았다. 방문 밖에서, 어머니의 까무러치는 소리를 듣는 것이 방 안에서 직접 보는 것보다도 더 견딜 수 없이 사지가 부르르 떨릴 때도 있었다. 다만 방 안에서처럼 눈앞에 어머니가 있는 것은 아니니까 당장 목을 누르려고 달려들 걱정만이 덜어질 뿐이었다.

그 대신 검둥이(우리 집 개 이름)를 까닭 없이 걷어찬다거나 울타리에 붙여 세워 둔 바지랑대*를 분질러 놓는 일이 가끔 생겼다.

어저께는 동네 안 주막에서 술을 마시다가 술잔을 떨어뜨려 깨었다. 그때 마침 술도 얼근히 돌아 있었고, 상대자에 대한 불쾌감도 곁들어 있긴 했지만 의식적으로 술잔을 깨뜨릴 생각은 전혀 없었고 또 그렇게 해서 좋을 계제도 결코 아니었던 것이다. 그런데 마침 까작까작 하는 저녁 까치 소리가 들려오자 갑자기 피가 머리로 확 올라가며 사지가 부르르 떨리더니 손에 잡고 있던 잔을 (술이 담긴 채) 철쩍 떨어뜨려 버린 것이다. 아니 떨어뜨렸다기보다 메어쳤다고 하는 편이 옳을지 모른다. 그렇지 않고서야 마루 위에 떨어진 하얀 사기잔이 아무리 막걸리를 하나 가득 담고 있었다고

* 바지랑대 : 빨랫줄을 받치는 장대.

는 할망정 그렇게 가운데가 짝 갈라질 수 있겠느냐 말이다.

지금까지 나는 내 자신의 일에 대하여 '내 자신도 잘 모르겠다'
고 몇 번이나 되풀이했지만 이것은 결코 발뺌이나 책임 회피를 위
한 전제가 아니다. 그래서 나는 우선 내 자신이 어떻게 해서 어머
니의 기침에 말려들게 되었는지 그 전후 경위를 있는 그대로 적어
보려고 한다.

여기서 미리 고백하거니와 나는 한번도 어머니를 미워한 적은
없었다. 그렇다고 집에 돌아온 뒤 날이 갈수록 어머니가 더 측은해
지고 견딜 수 없이 불쌍해졌다는 것도 아니다. 다만 '봉수야 날 죽
여다오'가 처음 생각했던 것처럼 그냥 고통을 못 이겨 울부짖는 넋
두리만은 아니라고 차츰 깨닫게 되었던 것은 사실이다. 그것은,
"내가 죽고 없어야 옥란이도 시집을 가고 네도 색시를 데려오지"
하는 어머니의 (가끔 토해 놓는) 넋두리가 어쩌면 아주 언턱거리*
없는 하소연만은 아니라고 생각하기 시작했을 때부터다. 옥란의
말을 들으면(내가 군에 가고 없을 때) 위뜸*의 장 생원댁에서 옥란
을 며느리로 달래는 것을, 옥란이 자신이 내세운 '오빠가 군에서
돌아올 때까지는'이라는 이유로 거절 아닌 거절을 한 셈이지만, 누
구 하나 돌볼 이도 없는 병든 어머니를 혼자 두고 어떻게 시집갈

*언턱거리 : 남에게 무턱대고 억지로 떼를 쓸 만한 근거나 핑계.
*위뜸 : 한 마을의 위에 있는 부분.

생각인들 낼 수 있었겠느냐는 것이 그녀의 실토였다. 뿐만 아니라, 정순이가 나(봉수)를 기다리지 않고 상호(相浩)와 결혼을 해버린 것도 아무리 기다려 봐야 너한테 돌아올 거라고는, 주야로 기침만 콜록거리고 누워 있는 천만쟁이(어머니) 하나뿐이라는 그의 꼬임수에 넘어갔기 때문이라는 것이다. 상호는 내가 이미 전사를 했다면서, 그 증거로 전사 통지서라는 것까지 (가짜로 꾸며서) 정순에게 내어 보이며 결혼을 강요했다는 것이다.

이것이 사실이라면 정순이는 상호의 '꼬임수'에 넘어간 것이 아니라, 바로 속임수에 넘어간 것이 된다. 다시 말하자면 '주야로 기침만 콜록거리고 누워 있는 천만쟁이'보다도 나의 전사 통지서 때문이라는 편이 옳을 테니까 말이다. 그러니까 정순이를 놓친 원인이 반드시 어머니에게 있는 것은 아니라는 말이 된다.

따라서 나도 어머니의 넋두리를 곧이곧대로 듣는 것은 아니다. 그러나 나의 그 '알 수 없는' 야릇한 흥분에 정순이가(그리고 상호가) 전혀 관련되지 않는다고 할 수도 없다.

하여간 나는 여기서 그 경위를 처음부터 얘기할 차례가 된 것 같다.

내가 군에서 (명예 제대를 하고) 돌아왔을 때, ─그렇다, 나는 내가 첨으로 집에 돌아왔을 때부터 얘기하는 것이 순서일 것 같다. 그러니까 내가 우리 동네에 들어서면서부터의 이야기가 된다. 그렇다, 내가 우리 동네 어귀에 들어섰을 때 제일 먼저 내 눈에 비친 것은 저 두 그루의 늙은 회나무였다. 저 늙은 회나무를 바라보자 비로소 나는 내가 고향에 돌아왔다는 실감이 들었던 것이다. 저 볼 모양도 없는 시꺼먼 늙은 두 그루의 회나무, 그것이 왜 그렇게도 그리웠을까. 그것이 어머니와 옥란이와 정순이 들에 대한 기억을 곁들이고 있었기 때문이었을까. 아니, 그것이 고향이 가진 모든 것을 상징하고 있었기 때문일까.

― 오오, 늙은 회나무여, 내 마을이여, 우리 어머니와 옥란이와 그리고 정순이도 잘 있느냐.

나는 회나무를 바라보며 느닷없는 감회에 잠긴 채 시인 같은 영탄을 맘속으로 외치며 동네 가운데로 들어섰던 것이다.

나는 지금 '어머니와 옥란이와 그리고 정순이'라고 했지만, 사실은 정순이와 어머니와 옥란이라고 차례를 바꾸고 싶은 것이 나의 솔직한 심정이었을지도 모른다. 왜 그러냐 하면, 내가 그렇게 살아서 고향으로 돌아올 수 있는 것은 오로지 정순이에 대한 그리움 하나 때문이라고 해도 좋았기 때문이었다. 이렇게 말하면 나는 돌아가신 아버지와 병들어 누워 있는 어머니에 대한 불효자요, 가련한 누이동생에 대한 배신자같이도 들릴지 모르지만, 나로 하여금 그 마련된 죽음에서 탈출케 한 것은 정순이라는 사실을 나는 의심할 수 없는 것이다.

그러나 그 '마련된 죽음'과 거기서의 '탈출' 이야기는 다음으로 미루자.

하여간 나는, 나를 구세주와도 같이 기다리고 있는 어머니와 누이동생들 앞에 나타났다.

내가 동네 복판의 회나무 밑의 우물가로 돌아왔을 때, 우물 앞에서 보리쌀을 씻고 있던 옥란이가 먼저 나를 발견하고, 처음 한참 동안은 정신 나간 사람처럼 멀거니 나를 바라보고 있더니 다음 순간 그녀는 부끄럼도 잊은 듯한 큰 소리로 '오빠'를 부르며 달려와 내 품에 얼굴을 묻으며 흐느껴 울었던 것이다. 1년 반 동안에 완전히 처녀가 된, 그리고 놀라리만큼 아름다워진 그녀를 나는 거의 무감각한 사람처럼 물끄러미 내려다보고 서 있었다. 어쩌면 이다지도 깨끗한 처녀가 거지꼴이 완연한 초라한 군복 차림의 나를 조그마한 거리낌도 꾸밈도 없이 마구 쏟아지는 눈물로써 이렇게 반겨 준단 말인가. 동기! 아, 그렇다. 그녀는 나의 누이동생이었던 것이다. 나는 그때같이 옥란의 행복을 빌어 주고 싶은 강렬한 충동을 느껴 본 적은 일찍이 없었다.

나는 옥란을 따라 집 안에 들어섰다. 휑댕그렁하게 비어 있는 뜰! 처음부터 무슨 곡식 가마라도 포개져 있으리라고 예상했던 것은 아니지만, 나는 이때같이 우리 집의 가난에 오한을 느껴 본 적도 없었다.

"엄마, 오빠야!"

옥란은 자랑스럽게 방문을 열었다.

어머니는 놀란 듯이 자리에서 상체를 일으켰다. 주름살과 꺼풀

뿐인 얼굴은 두 눈만 살아 있는 듯, 야릇한 광채를 내며 나를 쏘아보았다. 그러나 기침이 터뜨려질 것을 저어하는* 듯, 입은 반쯤 열린 채 말도 없이, 한쪽 손을 가슴에 갖다 대고 있었다.

"어머니!"

나는 군대 백(카키 빛의)을 방구석에 밀쳐 둔 채, 무릎을 꿇고 절을 했다.

그동안 어떻게 지냈냐든가, 기침병이 좀 어떠냐든가, 하는 따위 인사말도 나는 물어보고 싶지 않았던 것이다. 눈에 뻔히 보이지 않느냐 말이다. 병과 가난과 고독과 절망에 지질린* 몰골!

"구, 군대선 어땠냐? 배는 많이 고, 곯잖았냐?"

어머니는 가래가 걸려서 그르렁거리는 목소리로 띄엄띄엄 이렇게 물었다.

그러나 나는 그녀의 묻는 말엔 아무런 대꾸도 없이, 성이 난 듯한 뚱한 얼굴로 맞은편 바람벽만 멀거니 건너다보고 있었다.

―나는 어머니에게 무엇을 가지고 돌아왔단 말이냐. 어머니가 낳아서 길러 준 온전한 육신을 그대로 가지고 왔단 말이냐. 그녀의 병을 치료할 만한 돈이라도 품에 넣고 왔단 말이냐. 하다못해 옥란이를 잠깐 기쁘게 해줄 만한 무색 고무신이나마 한 켤레 넣고 왔단 말인가. 그녀들은 모르는 것이다. 내가 그녀들을 위해서 돌

* 저어하는 : 염려하거나 두려워하는.
* 지질린 : 내리눌린.

아오지 않았다는 것을. 내가 정순이를 위해서, 아니, 정순이와 나의 사랑을 위해서, 군대를 속이고, 국가를 배신하고, 나의 목숨을 소매치기해서 돌아왔다는 것을 그녀들이 알 리 없는 것이다.

"엄마, 또 기침 날라, 자리에 누우세요."

옥란이는 어머니의 상반신을 안다시피 하여 자리에 눕혔다.

"오빠도 오느라고 고단할 텐데 잠깐 누워요, 내 곧 밥 지어 올게."

옥란은 나를 돌아다보며 이렇게 말할 때도, 방구석에 밀쳐 둔 군대 백엔 우정* 외면을 하는 듯했다. 그것은 역시 너무 지나친 기대를 그 백 속에 걸고 있기 때문일 것이라고 나에게는 헤아려졌다.

나는 백을 끄르기로 했다. 옥란이로 하여금 너무 긴 시간, 거기다 기대를 걸어 두게 하기가 미안했기 때문이었다.

"이건 내가 쓰던 담요와 군복."

나는 백을 열고, 담요와 헌 군복을 끄집어내었다. 그러고는 내복도 한 벌, 그러자 백은 이내 배가 홀쭉해져 버렸다. 남은 것은 레이션 상자에서 얻어진(남겨 두었던) 초콜릿 두 갑, 껌 두 통, 건빵과 통조림이 두세 개씩, 그러고는 병원에서 나올 때, 동료에게서 선사받은 카키 빛 장갑(미군용)이 한 켤레였다. 나는 이런 것을 방바닥 위에다 쏟아 놓았다.

그러나 백 속에는 아직도 한 가지 남아 있었다. 그것은 포장지

* 우정 : '일부러'의 방언.

에 싸여 있었다. 나는 그것만은 옥란에게도 끌러 보이지 않았다. 그 속에 든 것은 여자용 빨간 빛 스웨터요, 내가 군색한* 여비 중에서 떼 내어 손수 산 것은 이것 하나뿐이란 말도 물론 하지 않았다. 뿐만 아니라 나는 방바닥에 쏟아 놓았던 물건 중에서도 초콜릿 한 갑과 껌 한 통을 도로 백 속에 집어넣으며, "이것뿐야. 통조림은 따서 어머니께 드리고 너도 먹어 봐. 그리고 이것 모두 너한테 소용되는 거면 다 가져." 했다.

"……."

옥란은 처음부터 말없이 내 얼굴만 가만히 바라보고 있었다. 그것은 나를 원망하는 눈이기보다는 무엇에 겁을 집어먹은 듯한 표정이었다.

"아무것도 없지만…… 넌 나를 이해해 주겠지?"

"아냐, 오빠, 난 괜찮지만……."

옥란은 무슨 말을 하려다 말고 끝도 맺지 않은 채 방문을 열고 나가 버렸다.

─역시 토라진 거로구나. 정순이한테만 무언지 굉장히 좋은 걸 준다고 불평이겠지. 그래서 '난 괜찮지만' 하고 어머니를 내세우겠지. '난 괜찮지만' 어머니까지 무시하고 정순이만 생각하기냐 하는 속이겠지.

나는 방바닥에 쏟아 놓은 물건들을 어머니 앞으로 밀쳐 두고,

*군색한 : 필요한 것이 없거나 모자라서 딱하고 옹색한.

접어진 담요(백에서 끄집어낸)를 베개하여 허리를 펴고 누웠다. 그녀가 섭섭해하는 것도 무리가 아니지만, 나로서도 하는 수 없는 일이었다고 체념할 수밖에 없었다.

점심 겸 저녁으로, 해가 설핏할 때 식사를 마치자 나는 종이로 싼 것(스웨터)과 초콜릿을 양복 주머니에 넣고 밖으로 나왔다.

"오빠, 잠깐."

부엌에서 설거지를 하고 있던 옥란이 나를 불러 세웠다.

"정순 언닌……."

옥란은 이렇게 말을 시작해 놓고는 얼른 뒤를 잇지 못했다.

순간, 나는 어떤 불길한 예감이 확 들었다. 그것은 내가 집에 돌아온 지 꽤 여러 시간 되는 동안 그녀의 입에서 한 번도 정순이 얘기가 나오지 않고 있었기 때문인지도 몰랐다.

"……?"

"결혼했어."

"뭐, 뭐라고?"

당장 상대자를 집어삼킬 듯한 나의 험악한 표정에, 옥란은 질린 듯 한참 동안 말문이 막힌 채 망설이고 있더니 어차피 맞을 매라고 결심을 했는지,

"숙이 오빠하구……."

드디어 끝을 맺는다.

"뭐? 숙이라고? 상호 말이냐?"

"……."

옥란은 두 눈을 크게 뜬 채 나의 얼굴을 똑바로 지켜보며 고개를 한 번 끄덕인다.

"그렇지만 정순이 어떻게……."

나는 무슨 말인지 나 자신도 모르게 이렇게 중얼거리다 입을 닫아 버렸다.

옥란이 안타까운 듯이 다시 입을 열었다.

"숙이 오빠가 속였대. 오빠가 죽었다고……."

"뭐? 내가 주, 죽었다고?"

나는 떨리는 목소리로 이렇게 다짐해 물으면서도, 일방, 아아, 그렇지, 그건 어쩌면 정말일 수도 있었다. 이렇게 속으로 자기 자신을 조롱하고 싶은 충동을 느끼기도 했다.

"오빠가 전사를 했다고, 무슨 통지서래나 그런 것까지 갖다 뵈더래나."

옥란도 이미 분을 참지 못하는 목소리였다.

순간, 나는 눈앞이 팽그르르 돌아감을 느꼈다. 그때 만약 상호가 내 앞에 있었다면 나는 틀림없이, 당장에 달려들어 그의 목을 졸라 죽였을 것이다. 다음 순간, 나는 어디로 누구를 찾아간다는 의식도 없이 삽짝* 쪽으로 부리나케 뛰어나갔다. 그러나 삽짝 앞

*삽짝 : 사립문.

204

좁은 골목에서 큰 골목(회나무가 있는)으로 접어들자 나는 갑자기 발길을 우뚝 멈추고 섰다. 그와 거의 동시, 누가 내 팔을 잡았다. 옥란이었다. 그녀는 나의 뒤를 따라오고 있었던 모양이었다.

"오빠, 들어가."

그녀는 내 팔을 가볍게 끌었다.

나는 흡사 넋 나간 몸뚱어리뿐인 듯한 내 자신을 그녀에게 맡기다시피 하며 그녀가 끄는 대로 집을 향해 돌아섰다. 돌아서지 않으면 어쩐단 말인가. 내가 그녀를 뿌리칠 수 있다면 그것은 무슨 이유와 목적에서일까. 그렇다, 나에게는 그녀의 손길을 뿌리칠 수 있는 아무런 이유도 목적도 없었다. 내가 없어진 거와 마찬가지였다.

'내'가 있었다면 나는 무엇을 생각하고 무엇을 행동했을까. 그랬을 것이다. 그렇다. '내'가 없었기 때문에 나는 나를 가련한 옥란에게 맡길 수밖에 없었던 것이다.

나는 옥란이 시키는 대로 방에 들어와 누웠다. 아랫목 쪽에는 어머니가, 윗목 쪽에는 내가. 이렇게 우리는 각각 벽을 향해 돌아누워 있었다. 나는 흡사 잠이나 청하는 사람처럼 눈까지 감고 있었지만 물론 잠 같은 것이 올 리 만무했다.

해가 지고, 어스름이 짙어지고, 바람이 좀 불기 시작했다. 설거지를 마친 옥란이 물을 두어 번 길어 왔고……. 나는 눈을 감고 벽을 향해 누운 채 이런 것을 전부 알고 있었다.

저녁 까치가 까작까작까작까작 울어 왔다. 어머니가 자리에서 몸을 일으키며 기침을 터뜨리기 시작했다(나는 물론 그때만 해도 까치 소리는 까치 소리대로 회나무 위에서 나고, 어머니의 기침은 기침대로 방 안에서 터뜨려졌을 뿐이요, 때를 같이(전후)한대서 양자 사이에 무슨 관련이 있다고는 전혀 상상도 할 수 없었던 것이다).

나는 어머니의 그 길고도 모진 기침이 끝날 때까지 그냥 벽을 향해 누운 채, '오오, 하느님!', '봉수야, 날 죽여다오' 하는 소리까지 다 들은 뒤에야 자리에서 몸을 일으켰다. 그러나 어머니의 등을 쓸어 준다거나 위로의 말 한마디를 건네 보지도 못한 채 그냥 방문을 밀고 밖으로 나왔다.

밖은 완전히 어두워져 있었다. 집 앞의 가죽나무 위엔 별까지 파랗게 돋아나 있었다.

내가 막 삽짝 밖을 나왔을 때였다. 담장 앞에서 다른 동무와 무엇을 소곤거리고 있던 옥란이 또 나를 불러 세웠다.

"오빠 어딜 가?"

"……."

나는 그냥 고개만 위로 끄덕 젖혀 보였다.

그러자 옥란은 내 속을 알아채었는지 어쩐지,

"얘가 영숙야."

하고 자기 앞에서 서 있는 처녀를 턱으로 가리켰다.

―영숙이가 누구더라?

하는 생각이 내 머릿속을 잠깐 스쳐 갔을 뿐, 나는 거의 아무런 관심도 없이 그냥 발길을 돌리려 했다. 그러나 이와 같은 순간에, 영숙이 나를 향해 몸을 돌리며 머리를 푹 수그려 공손스레 절을 하지 않는가. 날씬한 허리에 갸름한 얼굴에, 옥란이보다도 두어 살 아래일 듯한 소녀였다.

—쟤가 누구더라?

나는 또 한 번 이런 생각을 하며, 역시 입은 열지도 않은 채 그냥 발길을 돌리려 하는데,

"오빠 아직 면에서 안 돌아왔어요."

하는 소녀의 목소리였다.

순간, 나는 이 소녀가 바로 상호의 누이동생이란 것을 깨달았다.

—내가 군에 갈 때만 해도 나를 몹시 따르던 달걀같이 매끈하고 갸름하게 생긴 영숙이. 지금은 고등학교 2, 3학년쯤 다니겠지.

나는 이런 생각을 하며 소녀를 한참 바라보고 섰다가 역시 그냥 발길을 돌리고 말았다.

"오빠, 영숙이한테 얘기해 줄 거 없어?"

—그렇다, 달걀같이 뽀얗고 갸름하게 생긴 소녀. 그녀는 정순이나 옥란이를 그때부터 언니 언니하고 지냈지만, 그보다도 나를 덮어놓고 따르던, 상호네 식구답지 않던 애. 그리고 지금도, 내가 군에서 돌아왔단 말을 듣고, 기쁨을 못 이겨 찾아왔겠지만, 그러나 나는 무슨 말을 그녀에게 할 수 있단 말인가?

나는 그냥 돌아서 버리려다,

"오빠 들옴 나 좀 만나잔다고 전해 주겠어?"

겨우 이렇게 인사 땜을 했다.

"그렇잖아도 올 거예요."

영숙의 목소리는 조용하고 맑았다.

나는 '부엉뜸'으로 발길을 돌렸다. 옥란의 말을 의심하는 것은 아니지만 정순이 친정 사람들의 얘기를 직접 한번 들어 보고자 했던 것이다.

정순이네 친정 사람들이라고 하면 물론 그 어머니와 오빠다(아버지는 일찍이 죽고 없었다). 그리고 오빠래야 정순이와는 나이 차가 많아서 거의 아버지같이 보였다.

나와 정순이는 약혼한 사이와 같이 되어 있었지만(우리 고장에서는 약혼식이란 것이 거의 없이 바로 결혼식을 가지기로 되어 있었다), 나는 그를 형님이라고 부르지 않고 언제나 윤이 아버지라고만 불렀다.

윤이 아버지는 이날도 나를 반갑게 맞아 주었으나 면구해서* 그런지 정순이 말은 입 밖에 내비치지도 않은 채, 전쟁 이야기만 느닷없이 물어 대었다.

나는 통 내키지 않는 얘기를 한두 마디씩 마지못해 대꾸하며 그가 따라 주는 막걸리를 두 잔째 들이켜고 나서,

"근데 정순이는 어떻게 된 겁니까?"

*면구해서 : 낯을 들고 대하기가 부끄러워서.

이렇게 딱 잘라 물었다.

"그러니까 말일세."

그는 밑도 끝도 없는 말을 대답이랍시고 이렇게 한마디 던져 놓고는,

"자 술이나 들게."

내 잔에다 다시 막걸리를 따라 주었다.

"자네도 알다시피 내야 어디 술을 좋아하는가? 이런 거 한두 잔이면 고작이지. 그런 걸 자네 대접한다고 이게 벌써 몇 잔째야? 자 어서 들게, 자넨 멀쩡한데 나 먼저 취하면 되겠나?"

—정순이 일이 어떻게 된 거냐고 묻는데 웬 술 이야기가 이렇게 길단 말인가.

나는 또 한 번 같은 말을 되풀이해 물으려다 간신히 참고, 그 대신, 그가 따라 놓은 술잔을 들어 한숨에 내었다.

"자네야 동네가 다 아는 수재 아닌가? 지금이라도 서울만 가면 일등 대학에 돈 한 푼 내지 않고 공부시켜 주는 거 뭐라더라? 장학상이든가? 그거 돼서 집에다 도루 돈 부쳐 보내 가며 공부할 거 아닌가? 머리 좋고 인물 좋겠다, 군수 하나쯤야 떼 논 당상이지. 대통령이 부럽겠나 장관이 부럽겠나. 그까진 시골 처녀 하나가 문젠가? 자네 같은 사람한테 딸 안 주고 누구 주겠나, 응? 우리 정순이 같은 게 문젠가? 그보다 몇 곱절 으리으리한 서울 처녀들이 자네한테 시집오고 싶어서 목을 매달 겐데……. 그렇잖나? 내 말이 틀

렸는가?"

나는 그의 느닷없이 지루하기만 한 말을 더 듣고 있을 수가 없어,

"그런데 정순이는 어떻게 된 겁니까?"

먼저와 같은 질문을 다시 한 번 되풀이할 수밖에 없었다.

"정순이는 상호한테 갔지. 갔어. 상호 같은 자야 정순이한테나 어울리지. 그렇잖나? 자네는 다르지. 자네야 그때부터 이 고을에선 어떤 처녀든지 골라잡을 만치, 머리 좋고, 인물 좋고, 행실 착하고……, 유명한 사람이 아닌가?"

"그게 아니잖아요?"

나는 상반신을 부르르 떨며 겨우 이렇게 항의를 했다.

내 목소리가 여느 때와 다른 것을 깨달았는지 그도 이번엔 말을 그치고, 얼굴을 잠깐 바라보고 있더니 다시 말을 이었다.

"사실은 자네가 전사를 했다기에 그렇게 된 걸세. 지나간 일 가지고 자꾸 말하믄 무슨 소용 있겠는가. 참게, 자네가 이렇게 살아올 줄 알았으면야……. 다 팔자라고 생각하게."

"그렇지만 정순이가 그렇게 쉽사리 속아 넘어가진 않았을 텐데……."

"여부가 있나. 정순이야 끝까지 버텼지만 상호가 재주껏 했겠지. 나도 권했고……. 헐 수 있나? 하루바삐 잊어버리는 편이 차라리 날 줄 알았지. 저도 그렇게 알구 간 거고……."

210

"알겠습니다."

나는 곧 자리에서 일어나 버렸다.

윤이 아버지는 깜짝 놀란 듯이 따라 일어나며,

"이 사람아, 그러지 말고 좀 앉게. 천천히 술이라도 들며 얘기라도 더 나누다 가세."

나는 그의 간곡한 만류도 듣지 않고 그대로 돌아오고 말았다.

상호는 출장을 핑계로, 내가 돌아온 지 1주일이 되도록 나타나지 않았다. 직접 그의 집으로 찾아가면 출장을 가서 돌아오지 않았다는 것이나, 주막에 나가 알아보니, 면(사무소)에서는 만난 사람이 있다는 것이었다. 그렇다고 내가 직접 면으로 찾아가서 그의 출장 여부를 알아보기도 난처한 점이 많았다.

그러자 그가 출장을 간 것이 아니라, 면에는 출근을 하되 자기 집으로 돌아오질 않고 읍내에 있는 그의 고모 집에 묵고 있으면서 어쩌다 밤중에나 몰래 (집엘) 다녀가곤 한다는 소문이 들려왔다. 그 무렵 나는 그를 만나기 위하여 동구에 있는 주막에 늘 나가 있었기 때문에 여러 가지 정보를 들을 수 있었던 것이다.

하루는 내가 주막 앞에 앉아 장기를 두고 있는데 저쪽에서 상호가 자전거를 타고 오는 것이 보였다(그것도 당장 그렇게 알아본 것이 아니고, 술꾼 하나가 저게 상호 아닌가 하고 귀띔을 해 줘서 돌아다보니 바로 그였던 것이다).

나는 장기를 놓고 길 가운데 나가 섰다. 그가 혹시 모른 체하고 자전거를 달려 주막 앞을 지나쳐 버리지나 않을까 해서였다.

나는 길 가운데 버텨 선 채 잠자코 손을 들었다.

그도 이날은 각오를 했는지 순순히 자전거에서 내리며,

"아, 이거 누구야? 봉수 아닌가?"

자못 반가운 듯이 큰 소리로 내 손까지 덥석 잡았다.

─나야, 봉수야.

나는 그러나 입 밖에 내어 대답하진 않았다.

"언제 왔어?"

─정말로 출장을 갔다 지금 돌아오는 길인가?

이것도 물론 입 밖에 내어 물은 것은 아니다.

"하여간 반갑네. 자, 들어가지, 들어가 막걸리나 한잔 같이 드세."

그는 자전거를 세우고 술청으로 올라서자 주인(주모)을 보고 술상을 부탁했다.

나는 그의 대접을 받고 싶진 않았지만, 그런 건 아무려나 중요한 문제가 아니라고 생각하고 일단 그가 하는 대로 내버려 두고 보기로 했다.

주막에 있던 사람들이 모두 우리에게 시선을 쏟았다. 그것은 그들이 우리의 관계를 알고 있기 때문인 듯했다. 따라서 나는 될 수 있는 대로 내 자신을 달래며, 흥분하지 않으리라 결심했다.

"자, 들게, 이렇게 보니 무어라고 할 말이 없네."

상호는 나에게 술을 권하며 이렇게 말을 건넸다.

'할 말이 없네.'—이 말을 나는 어떻게 들어야 할까. 이것은 미안하단 말일까. 그렇지 않으면 뭐라고 말할 수도 없이 반갑단 뜻일까. 물론 반가울 리야 없겠지만, 옛 친구니까 반가운 체할 수도 있을 것이다.

나는 그가 권하는 대로 잠자코 술잔을 들었다. 물론 맘속으로 좀 꺼림칙하긴 했으나 그것과는 전혀 별문제란 생각에서 일단 술을 들 수밖에 없었던 것이다.

얼마나 고생을 했는가, 주로 어느 전선에서 싸웠는가, 중공군의 인해 전술이란 실지로 어떤 것인가, 이북군의 사기는 어떤가, 식사 같은 건 들리는 말같이 비참하지 않던가, 미군들의 전의(戰意)는 어느 정도인가, 그들은 결국 우리를 포기하지 않을 것인가……. 그의 질문은 쉴 새 없이 계속되었으나, 나는 그저, 글쎄, 아냐, 잘 모르겠어, 잊어버렸어, 그저 그렇지, 따위로 응수를 했을 뿐이다. 나는 그가 돈을 쓰고 징병을 기피했다고 이미 듣고 있었기 때문에 그와 더불어 전쟁 얘기를 하기는 더구나 싫었던 것이다.

그러는 중에서도 술잔은 부지런히 비워 냈다. 나도 그동안 군에서 워낙 험하게 지냈기 때문에 막걸리쯤은 여간 먹어 낭패 볼 정도론 취할 것 같지 않았지만, 상호도 면에 다니면서 제 말마따나 늘은 게 술뿐인지, 막걸리엔 꽤 익숙해 보였다.

"그동안 주소만 알았대도 위문편지라도 보냈을 겐데 참 미안하게 됐어."

─그렇다, 주소를 몰랐다는 것은 정말일 것이다. 내가 소속된 부대는 한군데 오래 주둔해 있지 않고 늘 이동했으니까 말이다. 그러나 위문편지가 문제란 말이냐.

나는 이런 말을 혼자 속으로 삭이며 또 잔을 내었다.

내가 속으로 무엇을 생각하고 있는지를 전혀 알 리 없는 그는 다시 말을 계속했다.

"영숙이가 말야, 자네 기억하지, 우리 영숙이 말야, 정말 그게 벌써 고3이야, 자네한테 위문편질 보내겠다고 나더러 주솔 가리켜 달라지 뭐야. 헌데 나도 모르니까, 옥란이한테 가서 물어오라고 했더니, 옥란이 언니도 모른다더라고 여간 안타까워하지 않데."

─그렇지, 영숙인 물론 너보다 나은 아이다. 그러나 영숙이가 무슨 관계냐 말이다. 영숙이보다 몇 곱절 관계가 깊은 정순이 문제는 덮어놓고 왜 영숙이는 끄집어내냐 말이다.

나는 또 술잔을 내면서, 이제 이쯤 됐으니, 내 쪽에서 말을 끌어낼 수밖에 없다고 생각했다.

"정순이 말일세. 어떻게 된 건지 간단히 말해 줄 수 없겠는가?"

나는 두 눈을 크게 뜨고 그를 정면으로 바라보며, 그러나 한껏 부드러운 목소리로 이렇게 입을 떼었다.

상호는 들고 있던 술잔을 상 위에 도로 놓으며 고개를 폭 수그

렸다. 그러고는 간단히 한숨을 짓고 나더니,

"여러 말 할 게 있는가. 내가 죽일 놈이지. 용서하게."

뜻밖에도 순순히 나왔다. 이럴 때야말로 술이 참 좋은 음식이란 생각이 들었다. 그와 나는 한동네에서 같이 자랐으며, 국민학교에서 고등학교까지 동창이었기 때문에 우리는 서로 상대자의 성격이나 사람됨을 잘 알고 있는 편이다. 그는 나보다 가정적으로 훨씬 유여했지만 워낙 공부가 싫어서 고등학교까지를 간신히 마치자 면서기가 되었고, 나는 그와 반대로 줄곧 우등에다 장학금으로 대학까지 갈 수 있게 되어 있었지만, 내가 그에게 친구로서의 신의를 잃은 일은 없었고, 또, 그가 여간 잘못했을 때라도, 솔직하게 용서를 빌면 언제나 양보를 해 주곤 했던 것이다. 이러한 과거의 우정과 나의 성격을 알고 있는 그는 정순이 문제도 이렇게 해서 용서를 빌면 내가 전과 같이 양해를 할 것이라고 딴은 믿고 있는 겐지 몰랐다. 그러나 이것만은 문제가 달랐다.

"자네가 그렇게 나오니 나도 더 여러 말을 하지 않겠네. 그러나 이것은 자네의 처사를 승인한다거나 양해를 한다는 뜻이 아닐세. 그건 그렇다 하고, 나도 내 태도를 결정하기 위해서 자네하고 상의할 일이 있어 그러네."

"……?"

그는 내 말뜻을 잘 이해할 수 없다는 듯이 고개를 들어 내 얼굴을 유심히 바라보았다.

나는 다시 말을 이었다.

"간단히 말할게. 정순이를 한번 만나 봐야 되겠어. 이에 대해서 자네의 협력을 구하는 걸세."

나는 말을 마치자 불이 뿜어지는 듯한 두 눈으로 상호를 쏘아보았다.

그는 역시 말뜻을 알아듣지 못하는 사람처럼 멍하니 마주 바라보고 있다가 시선을 아래로 떨어뜨려 버렸다.

"……."

"대답을 주게."

내가 단호한 어조로 답변을 요구했다.

그는 겁에 질린 사람처럼 나의 눈치를 살펴 가며 천천히 고개를 들더니,

"안 된다면?"

떨리는 목소리로 물었다.

"그것은 자네 상상에 맡기겠네. 어차피 결말은 자네 자신이 보게 될 것이니까. 다만 자네를 위해서 말해 주고 싶은 것은 자네같이 안온한 일생을 보내려는 사람이라면 극단적인 행동은 피하는 것이 좋을걸세."

"자넨 나를 협박하는 셈인가?"

상호는 갑자기 반격할 자세를 취해 보는 모양이었다.

"……."

나는 눈썹 하나 움직이지 않고 그를 한참 동안 묵묵히 바라보고 있었다. 그리하여 먼저보다도 더 부드럽고 더 낮은 목소리로 다시 입을 열기 시작했다.

"나는 지금 자네에게 어떤 형식으로든지 보복을 한다거나, 어떤 유감이나 감정 같은 것을 품어 본다거나 그런 것은 단연코 없네. 이점은 나를 믿어 주어도 좋아."

"그렇다면……?"

"내가 정순이를 한번 만나 보겠다는 것은 자네에 대한 복수라든가 원한이라든가 그런 것과는 아무런 상관도 없는 문젤세. 아까도 말하지 않던가, '그건 그렇다 하고'라고. 과거지사는 과거지사대로 불문에 붙이겠다는 뜻일세."

"그렇다면 꼭 정순이를 만나 봐야 할 이유도 없지 않은가?"

"내가 과거지사를 불문에 붙이겠다는 것은 자네와 정순이의 관계에 대해서 하는 말일세. 나와 정순이의 관계나 내 자신의 과거를 모조리 불문에 붙이겠다는 뜻이 아닐세. 나는 정순이와 맺은 언약이 있기 때문에 정순이가 살아 있는 한 정순이를 만나 봐야 할 의무가 있는 거야."

"그동안에 결혼을 해서, 남의 아내가 되고, 애기 어머니가 돼 있어도 말인가?"

"물론이지. 남의 아내가 돼 있든지, 남의 노예가 돼 있든지, 내가 없는 동안, 내가 모르는 사이에 생긴 일은 불문에 붙인다는 뜻일세."

여기서 상호는 자기대로 무엇을 이해하겠다는 듯이 고개를 두어 번 주억거리고 나더니,

"자넨 너무 현실을 무시하잖아?"

이렇게 물었으나 그것은 시비조라기보다 오히려 어떤 애원 같은 것이 서려 있었다.

"현실? 그렇지, 자넨 아직, 전장엘 다녀오지 않았기 때문에 그런 말을 하고 있는 거야. 자, 보게, 이게 현실인가 아닌가?"

나는 그의 앞에 나의 바른손을 내밀었다. 식지(食指)와 장지(長指)가 뭉턱 잘리고 없는 보기도 흉한 검붉은 손이었다.

"자네는 내가 군에 가기 전의 내 손을 기억하고 있겠지. 지금 이 손은 현실인가 꿈인가?"

"참 그렇군. 아까부터 손을 다쳤구나 생각하고 있었지만, 손가락이 둘이나 달아났군. 그래서야 어디?"

"자넨 손가락 얘길 하고 있군. 나는 현실 얘기를 하는 거야. 손가락 두 개가 어떻단 말인가? 이까진 손가락 몇 개쯤이야 아무런들 어떤가? 현실이 문제지. 그렇잖은가? 그렇다, 정순이가 이미 결혼을 한 줄 알았다면 나는 이 손을 들고 돌아오진 않았을 거야. 자넨 역시 내가 손가락을 얘기하는 줄 알고 있겠지? 그나 그게 아니라네. 잘못 살아 돌아온 내 목숨을 처리할 현실이 없다네. 그래서 정순이를 만나야 되겠다는 걸세. 이왕 이 보기 흉한 손을 들고

돌아온 이상, 정순이를 만나지 않아서는 안 되네. 빨리 대답을 해 주게."

"정 그렇다면 하루만 여유를 주게. 자네도 알다시피 나 혼자 결정할 문제도 아니겠고, 우선 당사자의 의사도 들어 봐야 하겠지만, 또, 부모님들이 뭐라고 할지, 시하에 있는 몸으로서는 부모님들의 의견을 전적으로 무시할 수도 없는 문제겠고, 그렇잖은가?"

나는 상호의 대답하는 내용이나 태도가 여간 아니꼽지 않았지만 지그시 참았다. 그를 상대로 하여 싸울 시기는 아니라고 헤아려졌기 때문이었다.

"내일 이 시간까지 알려 주게, 정순이를 만날 수 있는 시간과 장소를……."

나는 씹어 뱉듯이 일러 주고 자리에서 일어났다.

이튿날 저녁때 영숙이가 쪽지를 가지고 왔다.

작일(昨日)은 여러 가지로 군에게 실례되는 점이 많았다고 보네. 연(然)이나 군의 하해 같은 마음으로 두루 용서해 주리라 신(信)하며, 금야(今夜)에는 소찬이나마 제의 집에서 군을 초대하니 만사 제폐하고 필히 왕림해 주시기 복망*하노라.

죽마고우 상호 서

*복망(伏望): 간절히 바람.

내가 상호의 쪽지를 읽는 동안 툇마루에 걸터앉아 있던 영숙이,
발딱 일어나며,

"오빠가 꼭 모시고 오랬어요."

새하얀 얼굴에 미소를 짓는다.

"미안하지만 좀 기다려 줘."

나는 영숙에게 이렇게 말한 뒤 옥란이를 불러서 종이와 연필을
내오라고 했다.

　　자네의 초대에 응할 수 없음을 유감으로 생각하네. 어저께 말한
대로 정순이를 만날 수 있는 시간과 장소를 내일 오전 중으로 다시
연락해 주게. 만약 정순이가 원한다면, 그때, 영숙이를 동반해도 무
방하네.

　　　　　　　　　　　　　　　　　　　　　　　　　　　봉수

내가 주는 쪽지를 받자 영숙은 공손스레 머리를 숙여 절을 하고
돌아갔다.

이튿날 저녁때에야 영숙이 다시 쪽지를 가지고 왔다. 오빠는 오
전 중으로 전하라고 일러두고 갔지만, 자기가 학교에서 돌아온 시
간이 늦기 때문에 이렇게 되었노라고, 영숙이 정말인지 꾸며 댄
말인지 먼저 이렇게 변명을 늘어놓았다.

쪽지엔 역시 상호의 필치로 다음과 같이 적혀 있었다.

   군의 회신(回信)은 잘 보았네, 연이나, 정순이 일간 친정에 근친*
갈 기회가 도래하여 영숙이를 동반코 왕복케 할 계획이니 그리 양
해하고, 그 시기는 다시 가매(家妹) 영숙을 시켜 통지할 것이니 그
리 아시게.

                                                              상호 서

이틀 뒤가 일요일이었다.

   영숙이 와서 언니가 친정엘 가는데 자기도 동반하게 되었노라
고 옥란을 보고 넌지시 일러 주는 것이었다. 나는 그녀가 왜 나에
게 직접 말하지 않고 옥란을 통해 간접적으로 알리는지를 곧 이해
할 수 있었기 때문에 더 묻지 않기로 했다. 그 대신 나는 옥란에게
그녀들이 떠나는 것을 보아서 나에게 알려 주도록 부탁해 두고 오
래간만에 이발소로 가서 귀밑까지 덮은 머리를 쳐 냈다.

   면도를 마친 뒤, 옥란의 연락을 받고 내가 '부엉뜸'으로 갔을 때
는 점심때도 훨씬 지난 뒤였다.

   내가 뜰에 들어서자, 장독대 앞에서 작약꽃을 만지고 있던 영숙
이 먼저 나를 발견하고 아는 체를 하더니 곧 일어나 아랫방으로

*근친 : 시집간 딸이 친정에 가서 부모를 뵘.

들어가 버렸다. 정순이 그 방에 있음을 알리는 모양이었다.

이윽고 방문이 열리더니 정순이, 아, 그 어느 꿈결에서 보던 설운 연꽃 같은 얼굴을 내밀었다. 순간, 나는 그녀가 무슨 옷을 입고, 얼굴의 어디가 어떻다는 것을 전혀 의식할 수가 없었다. 다만 저것이 정순이다, 저것이 아, 설운 연꽃 같은 그것이다, 하는 섬광 같은 것이 가슴을 때리며, 전신의 피가 끓어오름을 느낄 뿐이었다. 나는 그 집 식구들에 대한 인사나 예의 같은 것도 잊어버린 채 정순이가 있는 방문 앞으로 걸어갔다. 그리하여 나는 방문 앞에 한참 동안 발이 얼어붙기라도 한 것같이 우두커니 서 있었다.

정순은 곧 자리에서 일어났으나, 고개를 아래로 드리운 채 입을 열려고 하지 않았다. 영숙도 정순이를 따라 몸을 일으키긴 했으나, 요 며칠 동안 나에게 보여 주던 그 친절과 미소도 가뭇없이, 이때만은 새침한 침묵에 잠겨 있을 뿐이었다.

나는 그녀들에게서, '들어오세요'를 기다릴 수 없다고 알자, 스스로, 신발을 벗고 방으로 들어갔다.

내가 방에 들어가도, 그리하여, 스스로 자리에 앉은 뒤에도, 그녀들은 더 깊이 얼굴을 수그린 채 그냥 서 있었다.

그러나 나는 실상, 그녀들이 서 있건 말건 그런 것보다는, 내 자신 갑자기 복받쳐 오르는 울음을 누르느라고 어깨를 들먹이며 고개를 아래로 곧장 수그리기에 여념이 없을 정도였다.

내가 간신히 고개를 들었을 땐 그녀들도 어느덧 자리에 앉은 뒤였다.

―이것은 분명히 꿈이 아니다. 나는 정순이를 보았다. 아니, 지금도 정순이는 바로 내 눈앞에 앉아 있지 않은가. 그렇다. 정순이다. 정순이다. 나는 이제 후회하지 않아도 된다.

이러한 울부짖음이 내 마음속을 지나가자 나는 비로소 이성을 돌이킬 듯했다. 나는 고개를 들었다. 그리하여 정순의 얼굴을 비로소 정면으로 바라보았다. 정순은 물론 고개를 수그리고 있었지만, 나는 그녀의 이마를 바라보는 것이라도 좋았다.

"정순이!"

내 목소리는 굵게 떨리어 나왔다.

"이것이 마지막이 될진 모르지만, 이 자리에서만이라도 옛날대로 부르겠어. 용서해 줘요. 영숙이도."

내가 여기까지 말했을 때, 나는 또 먼저와 같은 울음의 덩어리가 가슴에서 목구멍으로 치솟아 오름을 깨달았다. 나는 그것을 참느라고 이를 힘껏 악물었다. 울음의 덩어리는 목구멍을 몹시 훑으며 뜨거운 눈물이 되어 주르르 흘러내렸다. 소리를 내며 흐느껴지는 울음보다는 그것이 차라리 나았다. 나는 손수건을 내어 천천히 눈물을 훔친 뒤 다시 입을 열기 시작했다.

"내가 괴로운 것만치 정순이도 괴로울 거야. 내 이 못난 눈물을 보는 일이 말야. 그러나 내가 정순이를 만나려고 한 것은 이 추한 눈물을 보이려고 한 것이 아니야. 이건 없는 것으로 봐줘. 곧 거둬

질 거야."

나는 담배를 꺼내어 불을 붙였다. 연기를 두어 모금이나 천천히 들이켜고 나서 다시 말을 시작했다.

"하긴 이 자리에 앉아 생각하니 내가 전선에서 생각했던 거와는 다르군. 이럴 줄 알았다면 이렇게 하지 않아도 좋았을 것을. 될 수 있는 대로 정순이를, 그리고 영숙이도 그렇겠지만, 너무 오래 괴롭히지 않기 위해서 내 얘기를 간단히 할게."

나는 이렇게 허두*를 뗀 다음 내 바른손을 그녀들 앞에 내놓았다.

"이것 봐요. 이게 내 손이야. 식지와 장지가 문질러져 나가고 없잖아. 덕택으로 나는 제대가 돼 돌아온 거야. 이런 손을 갖고는 총을 쏠 수 없으니까. 그런데 말야. 이게 뭐 대단한 부상이라고 자랑하는 게 아냐. 팔다리를 송두리째 잃은 사람도 있고, 눈, 코, 귀 같은 것을 잃은 놈들도 얼마든지 있는데 이까진 거야 문제도 아니지. 아주 생명을 잃은 사람들은 또 별도로 하더라도. 그런데 내가 지금 와서 뼈아프게 후회하는 것은 역시 이 병신된 손 때문이야. 이건 실상 적에게 맞은 것이 아니고 내 자신이 조작한 부상이야. 살려고. 목숨만이라도 남겨 가지려고. 아아, 정순이, 요렇게 해서 지금 여기까지 달고 온 내 목숨이야."

나는 얘기를 하는 동안에 내 자신도 걷잡을 수 없는 흥분에 사

*허두: 글이나 말의 첫머리.

224

로잡힘을 깨달았다. 나는 다시 담배에 불을 붙인 뒤 한참 동안 고개를 수그리고 있었다.

정순이와 영숙이도 먼저보다 훨씬 대담하게 고개를 들어 내 얼굴을 바라보곤 했다.

나는 연기를 불고 나서 다시 이야기를 계속했다.

"내가 소속된 부대는 ○○사단 ○○연대 수색 중대야. 수색 중대! 정순이는 이 말이 무엇인지를 모를 거야. 그 무렵의 전투 사단의 수색대라고 하면 거의 결사대라는 거와 다름이 없을 정도야. 한번 나가면 절반 이상이 죽고 돌아오는 것이 보통이야. 어떤 때는 전멸, 어떤 때는 두셋이 살아서 돌아오는 일도 흔히 있었어. 그러자니까 원칙적으로는 교대를 시켜 줘야 하는 거지. 그런데 워낙 전투가 격렬하고 경험자가 부족하고 하니까 교대가 잘 안 되거든. 그 가운데서도 내가 특히 그랬어. 머리가 좋고 경험이 풍부하대나. 나중은 불사신이란 별명까지 붙이더군. 같이 나갔던 동료들이 거의 다 죽어 쓰러졌을 때도 나는 번번이 살아왔으니까. 얘기가 너무 길군. ……나는 생각했어. 정순이를 두고는 죽을 수 없는 몸이라고. 내가 번번이 죽지 않고 살아 돌아온 것도 정순이 때문이라고. 거기서 나는 결심을 했던 거야. 사람의 힘과 운이란 아무래도 한도가 있는 이상, 기적도 한두 번이지 결국은 죽고 말 것이 뻔한 노릇 아닌가. 위에서는 교대를 시켜 주지 않으니까. 결국 죽을 때까진, 죽을 수밖에 없는 일을 몇 번이든지 되풀이해야 하는 내 자신의 위치랄까 운명이랄까 그런 걸 깨달은 거야. 거기서 나는 결심을 했어. 정순이를 두고는 죽을 수 없다고. 나는 내가 꼭 죽기로 마련되어 있는 운명을 내 손으로 헤쳐 나가야 한다고. ……이런 건 부질없는 얘기지만, 정순이! 나는 결코 죽음 그 자체가 두렵지는 않았어. 더구나 생사를 같이하던 전우가 곁에서 픽픽 쓰러지는 꼴을 헤아릴 수도 없이 경험한 내가 그토록 비겁할 수는 없었던 거야. 국가 민족이니, 정의, 인도니 하는 건 집어치우고라도, 우선 분함과 고통을 견딜 수 없어서라도 얼마든지 죽고 싶었어. 죽어야 했어. 정순이가 아니더라면 물론 그랬을 거야."

나는 잠깐 이야기를 쉬었다.

정순이는 아까부터 벽에 이마를 댄 채 마구 흐느끼고 있었고, 영숙이도 손수건으로 두 눈을 가린 채 밖으로 달아나 버렸던 것이다.

"그런데 어떤가. 돌아와 보니 정순이는 결혼을 했군. 나는 지금 정순이를 원망하려는 건 아냐. 상호의 속임수에 넘어갔다는 것도 듣고 있어."

"아녜요, 제가 바보예요, 제가 죽일 년이에요."

정순이는 높은 소리로 이렇게 외치며 또다시 흑흑 느껴 울었다.

"그런데 지금부터가 문제야. 나는 어떻게 하느냐 하는 문제야. 내 목숨을 말야. 나는 이렇게 해서 스스로 훔쳐 낸, 그렇지 소매치기 같은 거지. 그렇게 해서 훔쳐 낸 내 목숨이 이제 아무짝에도 쓸데가 없이 됐거든. 내가 이 목숨을 가지고 이대로 산다면 나는 하늘과 땅 사이에 용서받을 수 없는 국가 민족에 대한 죄인인 것은 말할 것도 없지만, 그 불쌍한, 그 거룩한, 그 수많은 전우들, 죽어 넘어진 놈들에 대해서, 내가 어떻게 산단 말인가. 배신자란 남에게서 미움을 받기 때문에 못 사는 것이 아니라, 자기 자신이 외로워서 못 사는 거야. 정순이가 없는 고향인 줄 알았더라면 나는 열 번이라도 거기서 죽고 말았어야 하는 거야. 전우들과 함께, 그들이 쓰러지듯 나도 그렇게 쓰러졌어야 하는 일야. 그것도 조금도 괴롭거나 두려운 일이 아니었어. 오히려 편하고 부러웠을 정도야. 이 더럽게 훔쳐 낸 치사스런 이 목숨을 나는 어떻게 해야 하는가?"

"저를 차라리 죽여 주세요. 괴로워서 더 못 듣겠어요."

정순이는 소리가 나게 이마를 벽에 곧장 짓찧으며 사지를 부르르 떨고 있었다.

"정순이 들어 봐요. 나는 상호에게도 말했어. 내가 없는 동안 상호와 정순이 사이에 생긴 일은 없었던 거와 같이 보겠다고. 정순이가 세상에서 없어진 것이 아니라면, 정순이가 나와 같이 있을 수만 있다면, 그동안에 있은 일은 없음으로 돌리겠어. ……정순이! 상호에게서 나와 주어. 그리구 나하고 같이 있어. 우리는 결혼하는 거야. 이 동네서 살기가 거북하다면 어디로 가도 좋아. 어머니와 옥란이도 버리고 가겠어. 전우를 버리고 온 것처럼."

"그렇지만 그 집에서 저를 놓아주겠어요?"

정순이는 나직한 목소리로 혼잣말같이 속삭였다.

"내가 스스로 목숨을 훔쳐서 돌아온 거나 마찬가지지. 결심하면 돼. 그 밖엔 길이 없어. 그렇지 않으면 내 목숨을 돌려줘야 해. 이건 내 게 아니야. 정순이와 같이 있기 위해서만 얻어진 목숨이야. 그렇지 않으면 세상에도 무서운 반역자의 더럽고 치사스런 목숨인걸. 잠시도 달고 있을 수 없는 추악한 장물*이야. 어디다 어떻게 갖다 팽개쳐야 좋을지 모르는 추악한 장물이야. 정말야, 두고 보면 알걸."

"무서워요."

정순이는 아래턱을 달달달 떨고 있었다.

"무서울 게 뭐야? 정순이 첨부터 상호를 사랑해서 결혼을 했다거나, 지금이라도 사랑하고 있다면 별도야. 그렇지 않다면 내 목숨에 빚을 주고, 두 사람의 행복을 찾아 나서는 거니까 어디까지나 정당한 일이지 잘못이 아니잖아? 알겠지? 대답을 해줘."

"······."

정순이 대답 대신 고개를 한 번 끄덕해 보였다.

이때 영숙이 방문을 열었다.

"언니, 저기······."

문밖에서 정순이 올케(윤이 어머니)가 잔칫상을 들고 서 있었다.

* 장물 : 불필요한 물건.

228

"국수를 좀 만들었어. 맛은 없지만……. 그리고 아기씬 안에서 우리하고 같이할까?"

그녀는 국수 상을 방 안에 디밀어 놓으며 이렇게 말했다.

정순이는 국수 상을 다시 들어, 내 앞에 옮겨 놓으며,

"천천히 드세요. 그리구 그 일은 제가 알아 하겠어요."

이렇게 속삭이고 나서 밖으로 나갔다. 나는 국수 상엔 손도 대지 않은 채 담배 한 개비를 피워 물자 밖으로 나와 버렸다.

정순이한테서는 연락이 오지 않았다.

아기 낳고 살던 여자가 집을 버리고 나오려면 어려운 일이 한두 가지일 리 없다고는 나도 짐작할 수 있었지만 끝없이 날만 보내고 있을 수도 없는 노릇이었다.

여러 가지 어려운 점이 많다는 것은 나도 안다. 남편이나 시부모 이외에 아기도 걸리고 친정도 걸리겠지만 죽느냐 사느냐 한 가지만 생각해야 한다. 내가 그랬듯이 말이다. 한시바삐 결행 바란다.

나는 이렇게 쪽지에 써서 옥란에게 주었다.

"이거 네가 정순이 언니한테 남 안 보게 전할 수 있거든 전해다오. ……역시 영숙이한테 부탁할 순 없겠지?"

"요즘은 우물에도 잘 안 나오니 어려울 거야. 영숙인 오빠를 너

무 좋아하지만 아무렴 저의 친오빠만이야 하겠어?"

옥란은 쪽지를 접어 옷 속에 감추며 혼잣말같이 중얼거렸다.

그러나 옥란도 좀체 정순이를 직접 만날 기회가 없는 모양이었다. 그런대로 영숙이와는 자주 왕래가 있어 보였다.

"영숙이한테 무슨 들은 말 없어?"

"걔도 요즘은 세상이 비관이래?"

"왜?"

"그날 정순이 언니하고 셋이서 만났잖아? 자기는 누구 편이 돼 얄지 모르겠대. 그리구 슬프기만 하대."

"자기하고 관계없는 일이니까 모르면 되잖아?"

"그렇지도 않은 모양야. 걘 책도 많이 읽었어. 오빠 한번 만나 주겠어? 오빠가 잘 부탁하믄 걘 무슨 말이라도 들을지 몰라……."

"……."

나는 대답을 하지 않았다.

옥란에게 쪽지를 맡긴 지도 닷새나 지난 뒤였다. 막 저녁을 먹고 났을 때 영숙이 정순이 편지를 가지고 왔다.

저의 계획을 집안에서 눈치 채어 버렸습니다. 저는 지금 꼼짝도 할 수 없는 몸이 되었습니다. 저는 영원히 봉수 씨를 배반할 마음은 아닙니다. 다시 맹세합니다. 언제든지 봉수 씨가 기다려 주신다면 저는 반드시 그 일을 실행할 날이 있을 줄 믿습니다. 그러나 지

금은 간도 쓸개도 없는 썩은 고깃덩어리 같은 년이라고 생각해 주
십시오. 죽지 못해 살아 있는 불쌍한 목숨이올시다. 부디 용서해
주시고 너무 조급히 기다리지 말아 주시기 바랍니다.

정순이 올림

나는 편지를 두 번이나 되풀이해 읽었다. 내용이 복잡하다거나
이해하기 힘든 말이 들어 있었기 때문이 아니었다. 무언지 정순이
의 운명 같은 것이 거기서 느껴졌기 때문이었다.
　─정순이는 이런 여자였어. 참되고 총명하고 다정하고 신의
있는, 그러나 강철같이 굳센 여자는 아니었어. 순한 데가 있었지.
환경에 순응하는. 물론 지금도 그녀가 나에게 거짓말을 하거나 자
기 자신을 속이고 있는 것은 아니야. 그러나 환경에 순응하고 있
는 거야. 그녀를 결정하는 것은 그녀 자신의 의지이기보다 그녀를
에워싼 그녀의 환경이겠지.
　나는 편지를 구겨서 바지 주머니에 쑤셔 넣은 뒤 영숙을 불렀다.
　"숙이 나한테 전한 편지 누구 거지?"
　"언니 거예요."
　영숙은 얼굴을 약간 붉히며 대답했다.
　"무슨 내용인지도 알지?"
　"……"

영숙은 갑자기 얼굴이 홍당무같이 새빨개지며 대답을 하지 않았다.

"난 영숙일 옥란이같이 믿고 있어. 알면 안다고 대답해 줘, 알지?"

"……."

옥란이 이번에는 고개를 끄덕여 보였다.

"내가 없더라도 옥란이하고 잘 지내 줘."

내가 무슨 뜻인지 내 자신도 잘 모를 이런 말을 마지막으로 남기곤 밖으로 훌쩍 나와 버렸다.

나는 어디로든지 가 버릴 생각이었던지도 모른다. 그야말로 어디로든지 꺼져 버리고 싶었던 건지도 모른다. 하여간 나는 방 안에 그냥 자빠져 누워 있을 수는 없었던 것이다. 나는 막연히 정순이를 기다리고 있는 것보다는, 아니 막연히 정순이를 원망하고 있는 것보다는 차라리 내 자신이 세상에서 꺼져 버리는 편이 낫다고 생각했는지도 몰랐다.

나는 집 뒤를 돌아 나갔다. 우리 집 뒤부터는 보리밭들이었다. 보리밭은 아스라이 보이는 산기슭까지 넓은 해면같이 출렁이고 있었다. 지금 한창 피어오르는 보리 이삭에서는 향긋한 보리 냄새까지 풍겨오는 듯했다.

내가 보리밭 사이 길을 거의 실신한 사람처럼 터덕터덕 걷고 있을 때, 문득 뒤에서 사람의 발자국 소리 같은 것이 들려왔다. 그러나 나는 그런 것을 뒤돌아볼 만한 관심도 기력도 잃고 있었다. 나는 그냥 걷고 있었다. 그렇게 걷는 대로 걷다가 아무 데나 쓰러져 버렸으면 하고 있었는지도 모른다.

검푸른 보리밭 위로 어스름이 덮여 왔다.

그 어스름 속으로 비둘기 뗀지 다른 새 뗀지 분간할 수도 없는 새까만 돌멩이 같은 것들이 날아가고 있었다.

문득 나는 내가 어쩌면 꿈속에서 걸어가고 있는 겐지도 모른다는 생각이 들었다. 나는 발을 멈추고 섰다. 그리하여 아까 날아가던 새까만 돌멩이 같은 것들이 사라진 쪽을 멍하니 바라보고 있었다.

그때다.

"오빠."

거의 들릴 듯 말 듯한 잠긴 목소리였다. 영숙이었다.

나는 영숙의 얼굴을 넋 나간 사람처럼 어느 때까지 멍하니 바라보고 있었다.

—너도 슬프다는 거냐? 나하고 슬픔을 나누자는 거냐?

나는 혼자 속으로 영숙에게 이렇게 묻고 있었다.

영숙도 물론 꼼짝하지 않고 있었다.

—오빠 제발 죽지 마세요. 제가 사랑해 드릴게요. 오빠를 위해서 오빠의 도움이 될 수 있다면 오빠의 아픈 마음을 위로해 드릴 수 있다면 무슨 짓이라도 하겠어요.

영숙의 굳게 다문 입속에선 이런 말이 감돌고 있는 듯했다.

다음 순간 영숙은 내 품에 안겨 있었다. 그보다도 내가 먼저 영숙의 손목을 잡아끌었다고 하는 편이 순서일 것이다. 그러자 영숙이 내 가슴에 몸을 던지다시피 하며 안겨 왔던 것이다.

그러자 거기서 내가 영숙에게 갑자기 왜 다른 충동을 느끼기 시작했는지 그것은 내 자신도 해명할 길이 없다. 아니 그보다도 갑자기 야수가 돼 버린 나에게, 영숙이 왜 자기 자신을 지키기 위해서 마지막 반항을 하지 않았는지 이 역시 해명할 길이 없는 것이다.

하여간 나는, 다음 순간, 영숙을 안고 보리밭 속으로 들어갔다. 그리하여 그녀의 간단한 옷을 벗기고 그 새하얀, 천사 같은 몸뚱어리를 마음껏 욕보이기 시작했던 것이다. 영숙은 어떤 절망적인 공포에 짓눌려서인지, 그렇지 않으면 일종의 야릇한 체념 같은 것에 자신을 내던지고 있었기 때문인지 간혹 들릴 듯 말 듯한 가는 신음 소리를 내었을 뿐 나의 거친 터치에도 거의 그대로 내맡기다시피 하고 있었다.

그녀는 그때 이미 실신 상태에 빠져 있었는지도 몰랐다. 아니 그보다도, 역시, 자기의 모든 것을, 생명을, 내가 그렇게 원통하다고 울어 대던 것의 대가를 나에게 갚아 주는 것이라고 생각하고 있었는지도 모른다.

이때 까치가 울었던 것이다. 까작까작까작까작 하는, 어머니가 가장 모진 기침을 터뜨리게 마련인 그 저녁 까치 소리였던 것이다. 그리고 이와 동시 나의 팔다리와 가슴속과 머리끝까지 새로운 전류 같은 것이 흘러들기 시작했던 것이다.

　까작까작까작까작, 그것은 그대로 나의 가슴속에서 울려 오는 소리였다. 나는 실신한 것같이 누워 있는 영숙이를 안아 일으키기라도 하려는 듯 천천히 그녀의 가슴 위로 손을 얹었다. 그리하여 다음 순간 내 손은 그녀의 가느다란 목을 누르고 있었던 것이다.

...

김동리 연보

1913년   음력 11월 24일 경상북도 경주시 성건동 186번지에서 김임수와 허임순의 5남매(3남 2녀) 중 막내로 태어남. 본명은 시종(始鍾).

1924년(11세)   경주 제일교회 부속 계남소학교 입학.

1928년(15세)   대구 계성중학교 입학. 부친 별세.

1930년(17세)   서울로 이사. 서울 경신중학교 3학년에 편입학.

1931년(18세)   경신중학교 중퇴. 『매일신보』와 『중외일보』에 시 「고독」, 「방랑의 우수」 등을 발표하며 작품 활동 시작.

1934년(21세)   『조선일보』 신춘문예에 시 「백로(白鷺)」 입선.

1935년(22세)   『조선중앙일보』 신춘문예에 소설 「화랑의 후예」 당선.

1936년(23세)   『동아일보』 신춘문예에 소설 「산화」 당선. 이로써 3대 일간지의 신춘문예에 당선되는 전무후무한 기록을 남김.

1937년(24세)   서정주, 오장환, 김달진 등과 『시인 부락』 동인으로 활동. 경남 사천의 다솔사 부설 광명학원에서 교편을 잡음.

1938년(25세)   김월계와 결혼.

1939년(26세) 유진오를 상대로 '세대 논쟁' 전개.

1940년(27세) '문인 보국회' 등 일제 어용 문화단체의 가입 거부.

1943년(30세) 징용을 피해 경상남도 사천의 양곡 보급소 서기로 취직.

1945년(32세) 사천에서 해방을 맞이함. 사천 청년회 회장이 됨.

1946년(33세) 곽종원, 서정주, 박두진, 조지훈, 조연현, 박목월 등과 '청년문학가협회' 결성 후 초대 회장 피선.

1947년(34세) 『경향신문』 문화부장 취임. 첫 창작집 『무녀도』(을유문화사) 출간.

1948년(35세) 『민국일보』 편집국장 취임. 첫 평론집 『문학과 인간』(백민문화사) 출간.

1949년(36세) 한국문학가협회의 소설분과 위원장 피선. 주간지 『문예』의 주간 취임. 서울대와 고려대 출강. 창작집 『황토기』(수선사) 출간.

1950년(37세) 6·25 전쟁이 발발하자 미처 피난을 가지 못하고 서울에 숨어 지냄.

1951년(38세) 한국문총의 사무국장 피선. 창작집 『귀환장정』(수도문화사) 출간.

1952년(39세) 평론집 『문학개론』(정음사) 출간.

1953년(40세) 서라벌예술대학 문예창작학과 출강.

1954년(41세) 예술원 회원 피선, 한국 유네스코 위원 피촉.

1955년(42세) 창작집 『실존무(實存舞)』(인간사) 출간. 「흥남 철수」와 「밀다원 시대」로 제3회 아시아 자유문학상 수상.

1958년(45세) 장편 『사반의 십자가』(일신사) 출간.

1959년(46세) 장편 『사반의 십자가』로 제5회 대한민국 예술원상 수상.

1961년(48세) 한국문인협회 부이사장 피선

1963년(50세) 창작집 『등신불』(정음사) 출간.

1965년(52세) 민족문화중앙협의회 부이사장, 민족문화추진위원회 이사 피선.

1966년(53세) 한국예술문화윤리위원회 상임위원 피선. 수필집 『자연과 인생』(국제출판사) 출간.

1967년(54세) 「까치 소리」로 3·1 문화상 수상. 『김동리 대표작 선집』(전 5권. 삼성출판사) 출간.

1968년(55세) 국민훈장 동백장 수상. 『월간문학』 창간.

1970년(57세) 한국문인협회 이사장 피선. 서울시 문화상 수상. 국민훈장 모란장 수상.

1972년(59세) 서라벌예술대학장 취임. 한일 문화교류협회장 피선.

1973년(60세) 중앙대학교 예술대학장 취임. 중앙대학교에서 명예문학박사 학위 받음. 『한국문학』 창간. 창작집 『까치 소리』

(일지사), 수필집 『사색과 인생』(일지사), 시집 『바위』
(일지사) 출간. 장편 『사반의 십자가(サヴァンの十字架)』
(冬樹社)가 일본에서 번역 출간.

1974년(61세) 장편 『이곳에 던져지다』(선일문화사) 출간.

1977년(64세) 창작집 『김동리 역사소설』(지소림), 수필집 『고독과 인
생』(백만사) 출간.

1978년(65세) 장편 『을화』(문학사상사) 출간. 창작집 『꽃이 지는 이야
기』(태창문화사), 수필집 『취미와 인생』(문예창작사) 출간.

1979년(66세) 한국소설가협회장 피선. 소년소녀소설집 『꿈 같은 여
름』 출간. 중앙대학교 정년 퇴임. 장편 『을화(Ulhwa :
The Shaman)』(Larchwood)가 미국에서 번역 출간.

1980년(67세) 대한민국예술원 부회장 피선. 수필집 『명상의 늪가에
서』(행림출판사) 출간.

1981년(68세) 대한민국예술원 회장 피선.

1982년(69세) 장편 『을화(巫女 乙火)』(成甲書房)가 일본에서 번역 출간.

1983년(70세) 5·16 민족문학상 수상. 한국문인협회 이사장 피선. 대한
민국예술원 원로회원 추대. 시집 『패랭이꽃』(현대문학사)
출간. 장편 『사반의 십자가(La Croixde Schaphan)』
(Maison d'édition)가 프랑스에서 번역 출간.

1985년(72세) 수필집 『생각이 흐르는 강물』(갑인출판사) 출간.

1987년(74세) 장편 『자유의 기수』를 『자유의 역사』(중앙일보사)로 개제
하여 출간.

1988년(75세) 수필집 『사랑의 샘은 곳마다 솟고』(신원문화사) 출간.

1989년(76세) 한국문인협회 명예회장 추대.

1990년(77세) 7월 30일 뇌졸중으로 쓰러짐.

1995년(82세) 6월 17일 타계.

1998년(85세) 제자인 소설가 이문구, 이동하, 황충상, 시인 감태준 등
이 뜻을 같이하여 김동리 문학상 제정.

1999년(86세) 한국예술평론가협의회 선정 20세기를 빛낸 한국의 예술
인으로 추대.

밀다원 시대

초판 1쇄 발행일 · 2006년 3월 15일
초판 2쇄 발행일 · 2008년 1월 15일
지은이 · 김동리
펴낸이 · 임성규
펴낸곳 · 문이당

등록 · 1988. 11. 5. 제 1-832호
주소 · 서울시 성북구 동소문동 4가 111번지
전화 · 928-8741~3(영) 927-4990~2(편)
팩스 · 925-5406
ⓒ 김동리, 2006

홈페이지 http://www.munidang.com
전자우편 webmaster@munidang.com

ISBN 89-7456-331-2 83810